contents

プロローグ　色男、初夜の翌朝に離婚を切り出されるのこと　006
第一章　別れた夫の付き纏いは、ご遠慮いただきたく　016
第二章　人並み（?）に初夜をこなしはしましたが　040
第三章　春を売るための心得、なにとぞご教授願います　076
第四章　没落令嬢はひそかな夢を叶えたい　115
第五章　連れ込み宿の浴室で、熱くのぼせて　145
第六章　仮面舞踏会の夜に　184
第七章　目指しましょう、どん底からの一発逆転　225
第八章　元夫の秘めた告白　265
エピローグ　大団円!　これぞ元鞘ハッピーエンド　293
あとがき　315

イラスト／ことね壱花

初夜の翌日に離婚した没落令嬢ですが、何故か元夫につきまとわれています

プロローグ　色男、初夜の翌朝に離婚を切り出されるのこと

物心つくよりも前から、フィエルは天下の色男だった。

丸三日に及ぶ陣痛の末、彼をこの世に送り出した疲労困憊《ひろうこんぱい》の母親からして、誕生した我が子を見るなり、

『私ったら、天使を産んでしまったわ……！』

と、感涙に咽《むせ》んで気絶するほど整った顔の赤ん坊だった。

待望の嫡男《ちゃくなん》を腕に抱いたオルランド侯爵は、これは将来、星の数ほどの女を泣かせるに違いないと息子の将来を危《あや》ぶんだ。

ただの親馬鹿と侮《あなど》るなかれ。

その後もフィエルは日に日に愛らしさを増していき、乳母や子守り女中がこぞって世話を焼きたがったせいで、摑み合いの喧嘩《けんか》が勃発。

貴族の子供同士で遊ぶ機会があろうものなら、右手に一人、左手に一人、後ろ髪を引っ張るのが一人、大胆にも正面から抱きついてくるのが一人——と最低でも四人の女の子がフィエル

を囲んで、互いに牽制《けんせい》の火花を散らした。

それが年頃になると、よりいけない。

未婚の令嬢のみならず、すでに夫のある女性、なんなら伴侶を亡くして寡婦《かふ》となった老婦人すらも、麗しい貴公子に成長した彼の虜《とりこ》となった。

茜空《あかね》のごとき鮮やかな赤毛に、悪戯《いたずら》な輝きを秘めた琥珀の瞳。尋常ではありえないほどに高い腰と長い脚。

その声は甘く、ときにして低く、耳元で囁《ささや》かれでもしようものなら、腰砕けになる女性が後を絶たない。

病気ひとつせず育ち、いずれは侯爵位を継ぐ恵まれた立場――そんなフィエルの悩みといえば、あまりにも女性にモテすぎて、周囲の同性から激しくやっかまれることだった。

『夜会や舞踏会にお前がいると、俺たちにはまったくチャンスがない！』

『どうして寄ってくる誰にでもいい顔をするんだ？』

『心に決めた一人だけを大事にすればいいだろう！』

口々に詰《なじ》られても、フィエルは飄々《ひょうひょう》とした笑みを浮かべてこう答えるだけだった。

『だって女の子は皆、俺と仲良くしたがるんだ。誰の誘いを受けて、誰の誘いを断ったなんて話が広まれば、彼女たちをギスギスさせちゃうじゃないか』

八方美人もことなかれ主義も、フィエルなりに身に着けた処世術だった。

自分は誰の好意も無下《むげ》にはしないが、特定の一人だけに執着することもない。

そういう軽薄な男だと周知され、その上で寄ってくる女性だけを相手にしていれば、意外と波風は立たないのだ。

糸の切れた凧《たこ》のような息子を、オルランド侯爵夫妻は真剣に案じた。

二十四歳といういい年齢にもなったことだし、ここはひとつ、表面的な美貌に惑わされないしっかり者の女性と家庭を持たせれば、息子も落ち着くのではと考えた。

そこで白羽の矢が立ったのが、スタンリー子爵家の令嬢イルゼだ。

今年で二十歳《はたち》になるイルゼは、まっすぐな黒髪とヘーゼルの瞳の持ち主で、浮《うわ》ついたところのない堅実な女性だと評判だった。

人の陰口を言わない。

男を顔で選ばない。

というより、異性全般に興味がないのではと囁かれるほど、社交の場に出てこない。出てきたとしても媚《こ》びを売らない。必要以上に飾り立てることをしない。

趣味といえば読書くらいで、先だって亡くなった祖母の介護を自《みずか》ら買って出たという、真面目な孝行娘らしい。

かくして、結婚の段取りは着々と整えられた。

両家の顔合わせを兼ねた見合いののち、新聞に婚約が発表された。

あの色男がついに身を固めてしまうのかと女性陣は大いに嘆き、男性陣は嬉《うれ》し泣《な》きして祝杯をあげた。

婚約成立からわずか二ヶ月後、結婚式はつつがなく執《と》り行われた。

大勢の招待客の前で、花嫁は終始、居心地悪そうにうつむいていた。

身に纏《まと》うアイボリーの婚礼衣装は重たげで、夏だというのに、首も腕も覆い隠す古典的《クラシカル》極まる型だった。亡くなった祖母の形見だそうだ。

どうせなら流行のドレスを仕立てるよう、フィエルの両親は再三勧めたのだが、花嫁本人がこれでいいと主張した。

たった一度しか着ないものに、大金をかけて誂《あつら》えるのは不経済だからと言って。

『お金のことはきっと口実よ。大好きだったお婆《ばあ》様に、晴れ姿を見守ってほしかったのね』

『おとなしそうに見えて、自分の意見を口にできるのはいいことだ。フィエル。お前もへらへらと人に合わせるばかりじゃなく、芯の強い彼女を見習いなさい』

侯爵夫妻はすっかりイルゼを気に入り、義理の親子関係もなんら問題なさそうだった。

結婚式から一夜明けた翌朝。

夫婦の寝室で目覚めたフィエルは、寝ぼけ眼《まなこ》のまま隣に手を伸ばした。

「ん……イルゼ……？」

そこには、初夜を終えたばかりの新妻が寝ているはずだった。すべてが終わるなり、気を失

うように眠ってしまったので、フィエルと同じく一糸纏《いっし》わぬ裸で。

しかし、そこに予想した体温はない。

「……あれ？」

フィエルは身を起こし、くしゃくしゃと頭を掻《か》いた。

周囲をくまなく見回し、イルゼが部屋のどこにもいないことを確かめた。

「もう十二時か……――寝坊しすぎたな」

置時計に目をやり、独りごちる。

何せ昨夜は頑張った。

身持ちの固い娘だという評判どおり、イルゼは男女のことを何も知らない処女《おとめ》だったから、傷つけないようにと気を遣い、繋《つな》がるまでに時間もかけた。

おかげで、どうにか無事にことを成し遂げたわけだが。

(先に起きたなら、声をかけてくれればいいのに……あんなことの後だから、俺と顔を合わせるのが恥ずかしかったとか？ ――可愛《かわい》いじゃん)

口元が自然とにんまりしてしまう。

生真面目なイルゼにとって、放蕩者《ほうとうもの》と名高い自分は、本来の好みからまったく外れていたはずだ。

それでも縁談を受けたのは、格上の侯爵家からの申し出を断りにくかったからだろう。

意に添わない結婚をさせたことは申し訳ないが、貴族同士の婚姻など本来そんなものだ。夫婦の絆《きずな》は、これから時間をかけて深めていけばいい。

「よし。恥ずかしがりの奥さんに、おはようのキスをしにいこう」

フィエルは意気揚々と寝台を抜け出した。

昨晩脱いだ服も下着も床に落ちたままなので、当然のことながらすっぽんぽんだ。

そこに。

「若様、大変でございますぞ！」

寝室の扉が慌ただしく叩《たた》かれた。

焦りをにじませた声は、実の祖父のごとくフィエルに目をかけてくれている執事のものだ。

「どうしたの？」

扉を開けると、執事はフィエルの股間に視線を落とし、ほおぉぉ……と嘆息した。

「若様の若様は、朝からなんともお元気でございますな！」

「あ、これ？　ただの寝起きの生理現象だよ。恥ずかしいな」

「羨ましゅうございますぞ。わたくしがそれほど威風堂々としていられたのは、何歳《いくつ》までのことだったか——あいや、そのような無駄話をしている場合ではございませぬ！」

執事は一通の手紙を差し出した。

シンプルな封筒の表には、フィエルの名前が書かれている。

いのです」

「若奥様のお部屋に、それだけが残されておりました。ですが、肝心のお姿がどこにも見えな
「気分転換に庭でも散歩してるんじゃないの？」

「もちろん、そこいらじゅうを探しましたとも！」

執事の訴えによれば、こうだった。

イルゼは七時過ぎに起き出して、与えられた自室に戻り、侍女を呼んで身支度を整えた。

フィエルの両親とともに朝食をとり、食後の珈琲《コーヒー》を飲んでいた九時頃に、イルゼの実家から手紙が届いた。その場にいたメイド曰《いわ》く、手紙を読んだイルゼは瞬時にして険しい顔になり、足早に自室に戻ったという。

その後、部屋にこもって出てこないイルゼに、フィエルの母が気遣って声をかけたところ、もぬけの殻だったことが発覚したのだ。

「窓が開け放されており、そこから抜け出されたようです。おそらく、その置き手紙に手がかりが残されているのではないかと」

早く読めと急《せ》かされ、フィエルは封を破った。

イルゼから手紙をもらうのは、これが初めてだ。ペーパーナイフで丁寧に開封したいところだったが、この場合は仕方ない。

果たして、広げた便箋にはこうあった。

『フィエル様へ

時候の挨拶を綴《つづ》っている余裕もありませんので、手短に失礼いたします。
唐突ですが、実家のスタンリー家が破産いたしました。
父が空手形を摑《つか》まされ、多額の借金を残して失踪したとのことです。
いずれこちらのお屋敷にまで、借金取りが押しかける可能性が考えられます。
嫁いだばかりの身で、オルランド家にご迷惑をおかけするわけにはまいりません。
つきましては、この結婚は白紙に戻していただきたく存じます。
追って、離婚届に署名をしてお送りいたします。
お手数ではありますが、提出をお願いできますでしょうか。
フィエル様のご健康とご多幸をお祈りし、お別れの言葉と代えさせていただきます。

イルゼ』

「イルゼの字って、すごく綺麗《きれい》だよね」
「初夜の翌日に離婚を切り出された夫の、第一声がそれですか⁉」

横から手紙を覗《のぞ》き込んだ執事が、憤慨して叫んだ。

「確かに稀《まれ》に見る達筆ではございますよ。ですが、他におっしゃるべきことがあるでしょう? いくらなんでも、こんな手紙一枚で離婚だなどと! そりゃあ、うちの若様は女性にだらしないですとも。今後も浮気の不安が拭えず、若奥様がご苦労なさるのは目に見えておりましたとも。とはいえ、これで意外と優しいところもございますのに! ご幼少のみぎりには、わたくしの誕生日に手作りの肩たたき券をくださったこともありますのに!」

「あー、そんなこともあったよね。結局、一度も使ってくれてないけど。有効期限はなかったから、今からだっていいんだよ?」

「とんでもございません。あれはわたくしの死後、ともに棺に入れる予定でありますので……うぅっ……!」

「泣かない泣かない。それにしても、この手紙は……」

(イルゼらしいな)

おんおんと泣く執事の背中を撫《な》でながら、フィエルは妙に納得していた。

責任感が強く、他人に甘えることをよしとしない。

迷惑をかけることを何より嫌い、不測の事態にも取り乱さない。

スタンリー家の借金がいくらなのかは知らないが、こちらが援助をすると言ったところで、頑《かたく》なにイルゼはきっと拒むだろう。

だとすれば――。

「とりあえず下着《パンツ》を穿《は》くよ」

「は？」

「どう出るにしても、素っ裸じゃ何もできないし。下着を穿いて、服を着て、顔を洗って歯を磨く。あ、ついでに昼ごはんも用意してくれる？　腹が減っては戦はできぬって言うしね」

もうお腹《なか》ぺっこぺこ～と全裸で笑うフィエルが理解の範疇《はんちゅう》を越えていたのか、執事はぽかんと目を丸くしたのち、

「……かしこまりましてございます」

と深い溜《た》め息をついたのだった。

第一章　別れた夫の付き纏いは、ご遠慮いただきたく

昼時分の食堂は戦場だ。

「イルゼちゃん！　二番テーブル、豚肩ロースのグリルあがったよ！」

「はい、ご主人」

「イルゼちゃん、五番テーブルのお客さんがお勘定！　終わったらすぐに片付けて、お待ちの二名様をご案内して！」

「かしこまりました、女将《おかみ》さん」

「おい、注文通ってるか？　ったく、いつまで待たせる気だ？　昼休みが終わっちまわぁ！」

「申し訳ございません、少々お待ちくださいませ」

料理を載せたトレイを手に、満席のテーブルの間を、イルゼは縫うように歩いた。

無造作にくくった黒髪と、簡素なワンピースに重ねた生成《きな》りのエプロンが、きびきびした動きに合わせて踊るように揺れる。

『小鳩亭《こばとてい》』は、王都の下町にある大衆向けの食堂だ。

煉瓦《れんが》造りの田舎家《いなかや》風の内装で、席数は三十ほど。さほど大きな店ではないが、料理人の主人とその妻、イルゼの三人だけで回すとなると、ピーク時は相当に忙しい。

働き始めの頃は、「客さばきがとろい」「料理が冷めてる」と文句を言われるたびにひやっとしたが、今では慣れたものだった。

愛想笑いは苦手でも、個々の好みを正確に把握し、「いつもの！」と怒鳴るだけで注文を間違えなくなったイルゼを、客たちは次第に受け入れた。

最近は、「まぁ、あんたもいろいろあるだろうけど頑張れよ」と、チップをくれる者もいる。ついさっきも、「没落した貴族の嬢ちゃんにしては根性あるな」と、励ますように背中を叩かれたばかりだ。

（……噂《うわさ》っていうのは、どこからともなく広まるものね）

客のグラスに水を注ぎながら、イルゼは首をすくめた。

自分が半年前まで子爵令嬢であったことは、この界隈《かいわい》の人間なら誰もが知っている。

父親が胡散《うさん》臭い儲《もう》け話に騙《だま》され、財産と屋敷を差し押さえられた挙句に失踪したことも。

ショックで持病の心疾患を悪化させた母が、この近くの病院に入院していることも。

報《しら》せを聞いたイルゼが、婚家に迷惑をかけまいと一日で離婚し、母親の医療費を稼ぐために身を粉にして働いていることも。

下町の人々は、こういった人情噺《にんじょうばなし》が大好きだ。

貴族のことは鼻持ちならない厭味《いやみ》な連中だと思っているから、イルゼのことを「いまどき珍しい孝行娘だ」と好意的に見てくれる。倹《つま》しい身なりをし、安アパートで暮らしているだけで、やたらと感心してくれる。

しかし実のところ、イルゼは没落したから慎《つつ》ましくなったわけではない。

同居していた父方の祖母の影響で、質素倹約は幼い頃からの信条だ。

その祖母も、かつて実家の破産を経験していた。彼女は男爵家の末娘で、様々な事情が重なった挙句、心ある知人に引き取られて養女となった。

その後、当時のスタンリー子爵に嫁いで穏やかな人生を送ったが、幼少期の心的外傷《トラウマ》をずっと忘れられなかったらしい。

『先祖代々の宝石はもちろん、家具やドレスまで、何もかも売らなくてはならなかったの。使用人は皆出て行って、親しくしていた人たちも波が引くみたいにいなくなった。慣れない事業なんかに手を出すからだって嘲笑《あざわら》われて、爵位も当然返上よ』

幼いイルゼの手を取って、祖母はことあるごとに切々と語ったものだった。

『空っぽの屋敷で母はお酒に溺れて、婚約していた兄は破談になって……父は、物置の梁《はり》に縄をかけて首を吊《つ》ったの。命は取り留めたけど後遺症が残って、その後は兄が働きながら、死ぬまで面倒を見る羽目になった。母は家族を置いて、いつの間にかいなくなっていたわ。どこかの男と駆け落ちしたって噂もあったけど、本当のところはわからない。それきり一度も

会っていないから』

よく聞いてイルゼ、と祖母は言った。

『お金は大事。無駄遣いは罪悪よ。愛はお金じゃ買えないと言うけど、ある程度の不幸を回避することはできる。私はたまたま幸運に恵まれて生き延びたけど、他人に頼るしかなかった自分の弱さを恥じているの。だからあれ以来、必要以上の贅沢《ぜいたく》をしようと思ったことはない。心正しく清貧に生きていれば、神様が助けてくださると信じているから――……どうかあなたもそれを忘れないで』

その教えは、イルゼの胸に深く刻まれた。

しかし、そんな祖母の子であるイルゼの父は、逆に母親に反発した。金は使ってこそ生きるものだというのが彼の主張で、ちょくちょくと投資に精を出していた。

小うるさい母親が亡くなった後、父の気は大きくなったのだろう。

これまでのような少額投資ではなく、大口の儲け話に目が眩《くら》み、外国のダイヤモンド鉱山の採掘権を、銀行から借金してまで買ったのだ。

話を持ちかけた仲介業者によれば、その鉱山には百年かけても掘り尽くせない量のダイヤが眠っており、ほんの数年で元が取れるという話だった。

だが蓋を開けてみれば、それはまったくの嘘《うそ》。

ダイヤモンドどころか鉱山そのものも存在せず、父はすべてを失った。

騙されていたことが発覚したのは、なんとイルゼの結婚式の三日前だったらしい。

そんな重大なことを、父は家族の誰にも話さなかった。

おそらく、父の目論見《もくろみ》はこうだったのではないか。

家族に合わせる顔もなく、もはや自分は逃げるしかない。

けれどイルゼが結婚すれば、残された妻の面倒は、身内となったオルランド家に任せられる。

あわよくば借金も返してくれるかもしれない――と。

浅はかな父の考えを察したからこそ、イルゼは婚家と縁を切ろうと決めた。

『私はたまたま幸運に恵まれて生き延びたけど、他人に頼るしかなかった自分の弱さを恥じているの』

そう言った祖母のやるせない瞳を思い出し、自分は同じ轍《てつ》を踏むまいと誓った。

ショックで卒倒したという母のもとに一刻も早く駆けつけたかったので、離婚の意思を伝える手紙を残し、後日、正式な離婚届も郵送した。

たった一日で花嫁に逃げられたフィエルには、申し訳ないことをしたと思う。

だが自分たちの結婚は、互いに想《おも》い合ってのものではなかった。

大好きな祖母を亡くして意気消沈していたイルゼは、侯爵家からの縁談に舞い上がった父の勢いに押され、嫁入りを承諾させられただけだ。

むしろこうなって、フィエルはせいせいしているだろう。

イルゼが期待されていたのは、放蕩者の彼を縛りつけておく、いわば重石《おもし》の役目だ。その石のほうから逃げ出したとなれば、再びの自由を満喫できる。

ともあれ自分は、父の借金と母の入院費のために稼がなくてはならない。

幸い、祖母の教えのおかげで貧しい暮らしにも文句はない。

健康な体と他人に感謝する心さえあれば、どこでだって生きていける。過去は過去と割り切って、振り返らずに生きていこう。

――そう誓ったはずだったのに。

「イルゼちゃん、一番テーブルに魚介のサラダ！　六番に茄子《なす》のグラタン！」

出来上がった料理が、厨房《ちゅうぼう》と客席を隔てるカウンターに次々と並ぶ。急いで取って返し、イルゼが手を伸ばしたところに、

「……熱っ！」

小海老《こえび》のフリッターを揚げていた油が、カウンターを越えて手の甲に跳ねた。

「すまん、火傷《やけど》しなかったか⁉」

「いえ、これくらい平気です」

慌てる店主を安心させようと、とっさにそう答えてしまう。

痛みをこらえて皿を運ぼうとした手は、背後から何者かに掴まれた。

耳朶《じだ》のすぐそばで響いたのは、ぞくっとするほど甘く柔らかな声だった。

「なんでそんな無茶するの？　傷が残ったら大変だよ」

ぎぎぎっ……と機械めいた動きで、イルゼは首を後ろに向けた。

予想どおりの顔を見つけた瞬間、肩にどっと重力がかかった気がした。

「──フィエル様」

そこにいたのは、襟足まで伸びた赤毛に琥珀色の瞳を持つ、すこぶるつきの美青年だ。

世に並びなき色男と称される、オルランド侯爵令息──たった一日だけとはいえ、イルゼの夫だった男だ。

表情を強張《こわば》らせるイルゼに、フィエルは飄々と笑いかけた。

「何度言ったら、『フィエル』って呼び捨てにしてくれるの？　他人行儀で冷たいね」

「実際、もう他人ですから」

「せめて、お店の常連扱いくらいはしてくれない？　昨日も一昨日もその前も、君の運んでくれた料理を食べてるんだからさ」

そうなのだ。

忙しく働きながらも、この目立つ赤毛はさっきから、視界の端にちらちらと映り込んでいた。

昨日も一昨日もその前も──イルゼが『小鳩亭』に雇われてからほぼ毎日、フィエルはこの

店に昼食を食べにきている。

初めて見かけたときはぎょっとし、

『何をしにいらっしゃったんですか？　離婚届の記入欄に何か不備でも？』

と問い詰めたところ、

『たまたま近くを通りかかって、雰囲気の良さそうな店だから入っただけだよ。まさか君が働いてるなんて、いやぁ、すごい偶然だなぁ』

と嘘臭《うそくさ》い笑顔でけむに巻かれてしまった。

その後も『この店の味が気に入ったから』と通いつめ、店の売り上げに大いに貢献してくれてはいるのだが。

「火傷の痕が残るといけないから、ちゃんと冷やして。その間、料理は俺が運ぶよ」

「お客様にそんなことをさせるわけにはいきません」

押し問答をしていると、女将がばたばたと駆け寄ってきた。

「そうですよ、フィエル様。あたしがやりますから座っててください」

「ああ、こんにちは、マダム。いいんですよ。俺はこの店のファンなので、お役に立てるのが嬉《うれ》しいんです」

フィエルは片目を閉じて、軽やかに告げた。常人がやれば滑稽でしかない仕種《しぐさ》も、美男がやると破壊力が凄《すさ》まじい。

案の定、丸い頬《ほお》を真っ赤に染めた女将は、ぽうっとなって立ち尽くしてしまった。

その隙にフィエルは、料理の皿を手際よく運び始めた。すでに顔馴染みになった他の客と、冗談交じりの会話を交わしながら。

「ここは厚意に甘えておきな、イルゼちゃん」

氷嚢《ひょうのう》を作って差し出しながら、店主が言った。

「フィエル様は、イルゼちゃんのことが心配なんだよ。別れた妻の様子をああやって毎日見にくるなんざ、いまだに未練があるってことさ」

「単に暇なんじゃないですか？」

イルゼはぼそっと呟《つぶや》いた。

数々の女性と浮名を流していたフィエルが、元妻に纏わりつく理由は、絶対に未練などではないはずだ。

落ちぶれたイルゼの様子を野次馬根性で覗《のぞ》きにきたのかとも思ったが、さすがにそれは悪意の過ぎる見方だろう。

フィエルは女癖こそ悪いと聞くが、心根はそれほど腐っていないと、この半年で認識を改めざるをえなかった。『小鳩亭』にとっては文句なしの上客だし、お金を落としてくれる以上、従業員の自分から出ていけとは言えない。

とはいえ、職場に知り合いが来られると、単純に気が散るのだ。

とっとと次の伴侶探しに精を出してほしいのだが、自分のせいでフィエルの評判が落ちたのではと思うと、強くは出られなかった。

（バツイチだってだけで、敬遠する女性もいるだろうし。私が没落したから、フィエル様のほうから離婚を言い渡したなんて、ひどい誤解をしてる人もいるみたいだし）

まさかそんなふうに事実を曲解されるとは、イルゼも思っていなかった。

直接尋ねられればきっぱりと否定するのだが、噂というのは、当人の手の及ばないところで勝手に広まっていくものだ。

さらには、困窮したイルゼがオルランド家に集《たか》るべく、フィエルをあの手この手で誘惑したのだという噂まである。

（馬鹿馬鹿しい。この顔と体で、どうやって色仕掛けなんてできるっていうのよ）

自虐ではなく冷静に、イルゼは己の女性的魅力を分析する。

癖のない黒髪とヘーゼルの瞳はどちらも地味で、華やかさとはほど遠い。

体型は太ってはおらず、むしろ痩せている。しかしそれは質素な食生活ゆえで、栄養の行き届かない胸は、「一応ここについてはいます」と奥ゆかしく存在をアピールしていた。あくまで控えめ。ささやかなのだ。

（私のことは好きに言ってくれていいけど……フィエル様にまでとばっちりが行くのは、正直誤算だったわ）

結婚早々に妻を捨てた夫だと悪評を立てられているのであれば、イルゼは彼に償わなければならない。

「ねぇイルゼ、このスープは何番テーブルのだっけ？」

「……七番です」

にこやかに尋ねられ、イルゼは答える。

具体的にどう償えばいいのかわからないが、ひとまずは彼の暇潰しに付き合うしかないのかと、手の甲を冷やしつつ溜め息をついた。

◆◆◆

昼のピークタイムが過ぎると、『小鳩亭』は一旦、「営業中」と書かれた看板を裏返す。

賄《まかな》いをご馳走《ちそう》になったイルゼは、エプロンを外し、店主夫妻に頭を下げた。

「お疲れ様でした。お先に失礼します」

朝の仕込みと昼のウエイトレス業務が、この店でのイルゼの仕事だ。夜からの営業時間には、また別の人間が入ることになっている。

『小鳩亭』を出たその足で向かうのは、王都の中心街にある劇場だった。

設備は古いが客席数は三百ほどで、収容人数はそれなりだ。ここでの公演をきっかけに飛躍

し、全国に知られる人気劇団になっていった例はいくつもある。

現在、この劇場を借りているのは、『群青《ぐんじょう》』という名の中堅劇団だった。

もうすぐ楽日を迎える予定の演目は、『満ち潮の夜に』。

遭難した豪華客船に乗り合わせた人々が、切迫した状況下で秘められた本音を晒《さら》したり、倦《けん》怠期《たいき》の夫婦が愛を蘇《よみがえ》らせたり、密航者の少年が生き別れの父と再会したりと、悲喜こもごもの人生模様を見せる芝居だ。

「お疲れ様です」

裏口から入ったイルゼは、廊下で誰かとすれ違うたび、足を止めて挨拶した。

音響や照明の係は機材の確認をしている時間だから、大半が本番前の役者たちだ。思い思いに発声練習をしたり、体を解《ほぐ》したり、開演に向けての集中力を高めている。

「ああ、イルゼ。ちょうどよかった」

小柄な中年男性が通りかかって、イルゼの肩をぽんと叩いた。

鳥の巣のようにもつれた癖毛と黒縁眼鏡が、いかにも芸術家っぽい。

脚本と演出を担当している、『群青』の座長シリンだ。

「あとで楽屋にお茶持ってきてくれる？　喉の腫れに効くやつ。アークの奴《やつ》、また声嗄《か》らしちやって」

「はい」

「印刷所から次の公演のチラシが届いたから、名簿見て、ご贔屓《ひいき》のお客さんに送っといて。そのあとはいつもどおり、衣装作りを頼むよ」

「わかりました」

　衣装係として雇われたイルゼだが、人手不足の劇団では、頼まれればなんでも引き受ける。劇場の入口でもぎりもするし、役者たちの軽食を買い出しにも行く。

　言いつけられた雑用をこなし、ようやく作業部屋に入って、次回公演のための衣装を縫い始めようとしたときだった。

「イルゼ、いる⁉」

　扉を開けて駆け込んできたのは、サヴィという名の女優だった。

　舞台化粧を施した顔に焦りを浮かべ、本番で着る予定の青いドレスを抱えている。

「さっき裾踏んづけて破いちゃって。悪いけど、幕が開くまでに直せるかな？」

「見せて。……ああ、縫い足した分の裾が裂けたのね」

　手渡されたドレスを、イルゼは作業台に広げて検分した。

　サヴィはイルゼより三つ年上だが、敬語で話しかけられるのを嫌がる。気風《きっぷ》のいい姉御肌な性質《たち》で、劇団内では一番親しい存在といってもよかった。

「同じ色の布が余ってるし、とりあえず裏から継ぎを当てるわ。明日までには、もっとしっかり直しておくから」

さっそく作業にかかると、サヴィは「ありがとう」と息をついた。

「それに、ごめん。私が無駄にでかいせいで」

「え?」

「私が並の背丈なら、ありものの衣装を使い回せたのに。わざわざ裾を足すなんて、イルゼに手間かけさせちゃったね」

いつになく気弱にサヴィは笑った。

「わかってるんだ。この身長とこの顔じゃ、ヒロイン役なんて絶対に回ってこないって。女優としちゃ使いどころが難しいだの、男女だの、皆にもよく言われるし」

瞼《まぶた》を伏せるサヴィは、そこらの男性を凌《しの》ぐ長身で、彫りの深い目鼻立ちをしている。声も女性にしては低めで、ハスキーだ。

確かに可憐《かれん》なヒロインといった雰囲気ではないし、あてがわれるのは端役ばかりだったが。

「私は格好いいと思うけど」

縫い物の手を止めて、イルゼは思ったままを伝えた。

「背が高い分、腕も脚も長くて舞台映えすると思う。それに、サヴィはすごく演技が上手よ。お稽古でもリハーサルでも、私はサヴィばっかり見てる」

他者と比較するようなことは簡単には言いたくないが、イルゼから見て、『群青』で一番目立つ役者は、お世辞抜きでサヴィだった。

何気ない台詞《せりふ》でも、彼女の凛《りん》とした声に乗るとつい耳を傾けてしまう。

　感情を爆発させるのも、逆に抑えた心情を表現するのも、コミカルな表情で笑わせるのも、掛け合いの間《ま》の取り方も、彼女はとにかく上手《うま》かった。

　天性の勘もあるのだろうが、誰より熱心に脚本を読み込み、稽古を繰り返している努力の賜《たま》物《もの》でもある。

　幼い頃から女優に憧れ、家族の反対を振り切って田舎から出てきたのだと、いつだったか話してくれた。

「そんなこと言ってもらっちゃ……照れるじゃん」

「私だけじゃなくて、サヴィにはファンからの手紙もたくさん届くでしょ。『きりっとした横顔が素敵で見惚《みと》れちゃいます』とか、『私もサヴィさんみたいにかっこよくなりたい』とか」

「女の子からばっかりだけどね」

　サヴィはぱんと膝を叩き、大きく伸びをした。

「見ててくれる人がいるのに、腐ってちゃダメだね。頑張るよ」

「その意気よ。――はい、できた」

「もう？　早っ！」

　仮の修繕が終わった衣装を受け取り、サヴィは楽屋に走っていった。

　その背中を見送りながら、イルゼは思う。

（サヴィみたいに、好きなことと得意なことが一緒なのは……羨ましいわよね）

なかなかいい役がつかなくとも、サヴィの才能は本物だ。今は巡り合わせが悪いだけで、彼女が輝ける場所はきっとある。

（私もそのうち、挑戦だけでもしてみたい――……けど）

胸に浮かんだ願いを、イルゼは反射的に封じ込めた。

そんなことより、自分にはやるべきことがある。黙っていても出ていくお金を、今は着々と稼がなくては。

イルゼは気を取り直し、衣装作りの続きにかかった。やがて開幕のブザーが鳴り、二時間後にカーテンコールの拍手が響いてくるまで、一心に集中して働いた。

終演後は終演後で、たくさんの雑用が待っていた。

舞台に散った紙吹雪の掃除に、忘れ物がないかと客席を確認。

明日の上演に支障がないよう小道具をあるべき場所に戻し、最後に楽屋へ向かう。役者の脱いだ衣装を回収し、必要があればさっきのように繕《つくろ》わければならないのだ。

「失礼します」

楽屋の扉を開けて中に入ると、たちまち陽気な笑い声と、鼻をつく酒の匂いが押し寄せた。

「よ、イルゼ。お疲れさん」

車座になった役者たちの中心で、赤ら顔のシリンが手を上げた。周囲には空になった酒瓶が

何本も転がり、乾きものの酒肴《つまみ》が散乱している。

演劇人とは、何故《なぜ》かやたらと集まって酒を飲みたがる生き物だ。

明日の公演に備え、すぐに帰って休む主義のサヴィなどは例外で、舞台の興奮が冷めやらないのか、日を跨《また》いでもだらだらと飲み続ける者たちがほとんどだ。

日によっては演劇論を戦わせた挙句、殴り合いの喧嘩になったり、物が飛び交ったりもするのだが、今日は穏やかなほうだろう。

そんな輪の中でまたも見つけた赤毛に、イルゼは溜め息をついた。

「……やっぱり今夜もいるんですね」

「うん。だって俺、もう皆と仲良しだもん」

へらりと笑って答えるのは、本日二度目の遭遇となるフィエルだった。

役者相手に、今日の芝居のここがよかっただの、あの台詞が泣けただのと感想を述べては、すっかり場に溶け込んでいる。

連日のように劇場に通い詰める彼を、最初に楽屋に招き入れたのは誰だったのか。

劇団のファンなのだと目を輝かせて語るフィエルは、シリンはじめ、『群青』の皆に快く受け入れられた。今では酒や食べ物を大量に差し入れ、毎晩の酒盛りにまで参加している。

ただしそれも、イルゼがこうして顔を見せるまでだ。

「お仕事終わった？　もう帰る？」

イルゼが脱ぎ散らされた衣装を吊るし終えると、フィエルも立ち上がった。

「じゃ、皆またね。明日の公演も楽しみにしてるよ」

「おー、気をつけてな」

「送り狼にはなるなよー！」

陽気に見送られ、イルゼは溜め息を呑《の》み込《こ》んだ。

彼らも、『小鳩亭』の夫妻と同じだ。離婚の事情を知った上で、フィエルは元妻に未練を残しており、復縁を迫っているのだと思っている。

（何度否定しても聞いてくれないいんだから。フィエル様は単に、退屈で仕方ないのよ）

「困窮した妻を一日で捨てた非道な男」というレッテルを貼られたせいで、フィエルは社交界に居づらくなった。

だからこそ、ややこしいしがらみのない庶民の世界——食堂や劇場に出入りして、暇を潰しているだけだ。

帰り支度をして裏口に向かうと、ひと足先に外に出たフィエルが、街灯にもたれて待っていた。冬の夜気の中、吐く息がうっすらと白く染まっている。

見目だけは抜群に良いので、彼こそがスポットライトに照らされた俳優のようだ。

「今日も一日お疲れ様。イルゼはほんとに働き者だね」

「フィエル様は驚くほどの暇人ですね」

いけないと思いながらも、呆《あき》れた声が出てしまう。

「毎日同じことばっかりしてて飽きないですか？　確かに『小鳩亭』のご飯は美味しいですし、『群青』のお芝居も面白いですけど、他にも選択肢はありますよ」

「そうかもね。でも、今はまだ飽きてないから」

夜道を足早に歩き始めたイルゼに、フィエルが追いついた。

互いの肩が触れ合うほどの距離でも、警戒心は覚えない。

さきほど誰かが「送り狼」と口にしたが、この半年の間に何もなかった以上、いまさらそんなことになるとは思えなかった。

とはいえ、働く先々に彼が現れ始めた頃は、何故付き纏われるのかと混乱した。

離婚騒動で体面を傷つけられたことを恨み、仕返しをされるのではないかと危《あや》ぶんだ。

『ついてこないでください』

とお願いしたこともあるし、

『やめてください、迷惑です』

と正直に訴えたこともある。

何を言われてもフィエルは、

『ただの偶然だって。贔屓《ひいき》になった食堂や劇団に、たまたま君がいただけだよ』

とはぐらかした。

真意が見えずに戸惑ったものの、イルゼは次第に考えることを放棄した。

何せ、自分は毎日忙しい。

掛け持ちの仕事で体はくたくただし、頭の中も細かな金勘定でいっぱいだ。

近くにいるだけで実害のない元夫のことは、二の次、三の次。問題に優先順位をつけないことには、世知辛い世間を渡っていけない。

石畳の道を歩くうちに、ざぁざぁと水の流れる音が聞こえてきた。この王都には、街を南北に縦断する水路がある。

水路沿いに南下した先がイルゼの住む下町で、オルランド侯爵家のタウンハウスがあるのは王都の北端だ。

フィエルの帰路なら方向は逆だが、酔い覚ましの散歩がしたいらしく、いつもこうして遠回りをするのだった。

「最近、お母さんの具合はどう?」

水路脇をしばらく歩いたところで、フィエルに尋ねられた。

「あまり良くはないです」

目を合わせずに、イルゼはぽつぽつと答えた。

「父の行方を心配して、病院食もあまり食べられなくて。栄養がとれないせいで余計に弱って。次の検査の結果次第では、手術が必要になるかもしれません」

「……そっか」

フィエルは噛《か》み締《し》めるように呟いた。

「大変だよね。俺にできることがあったらなんでも言って」

「ありがとうございます。お気持ちだけいただきます」

「いや、気持ちだけじゃなくて、具体的な費用とか」

「返せる見込みのない借金をこれ以上増やす気はありません」

「君と俺との仲だよ？　返せなんて言わないのに」

「どんな仲でもありませんし、施《ほどこ》しは結構です。私はちゃんと働けます。自分の家族のことは自分でなんとかします」

「相変わらず真面目だなぁ」

フィエルは笑ったが、その笑顔はどこか寂しそうでもあった。

「お父さんの行方はまだわからないの？」

「そうですね。今のところ生きた父を見たという人もいませんが、父に似た自殺死体が見つかったという話も聞きません」

「縁起でもないこと言わないで⁉　君のお父さんなんだよ？」

「そんなことは絶対にしそうにない人だから言ってるんです。せいぜいどこかの安宿に転がり込んで、現実逃避のお酒に溺れているんじゃないでしょうか」

「辛辣《しんらつ》だなぁ。お父さんのこと嫌いなの？」

イルゼは少し考え、首を横に振った。

「愚かな人だとは思いますが、嫌いではないです」

「愚かだっていうのは、儲け話に騙されたから？」

「それもありますけど。そんなことで家族に見限られると思い込んで、一人で姿を消したことのほうが、もっと。私にとっては代わりのいない父ですし、母にとっては今でも愛する夫なのに。『一緒に苦労してほしい。三人で慎ましく生きていこう』って言ってくれれば、私も母もきっと頷《うなず》いて……」

そこまで言って、イルゼは口をつぐんだ。

今夜の自分は喋《しゃべ》りすぎた。他人であるフィエルに聞かせるような話じゃない。

「イルゼが毎日頑張ってるのは、家族のことが好きだからなんだね」

フィエルが目を細めた。

さっきの寂しげな笑顔とは違って、眩《まぶ》しいものを見るような表情だった。

「――俺もわかる気がするな。自分の事情で勝手にいなくなられても、嫌いになれない気持ち」

「……え？」

「あ、着いたね」

フィエルが足を止めた。

いつの間にか、アパートの前まで来ていた。老朽化した壁に蔦《つた》が絡みついている、三階建ての建物だ。

イルゼの現在の住まいは、ここの二階にある。

「また明日、『小鳩亭』に昼ごはんを食べにいくよ。日替わりのメニューはなんだっけ？」

「牛頬肉の煮込みだったと思いますけど」

「やった。俺の大好物だ」

フィエルは嬉しそうに笑い、胸の高さでひらひらと手を振った。

「おやすみ、イルゼ」

「……おやすみなさい」

ぎこちなく言って、イルゼはフィエルに背を向けた。

一日の終わりに、おやすみと言える相手がいるのは、意外とほっとするものだ――そう思っても口には出さず、錆《さ》びた鉄階段を上がっていく。

第二章　人並み（？）に初夜をこなしはしましたが

（……あ）

フィエルと別れて二階に上がったイルゼは、外廊下に座り込む人影に瞬《まばた》きした。

この寒い季節に、身に着けているのは肩を剥《む》き出《だ》しにしたシュミーズ一枚。そこから伸びる手足は、子供かと見まがうほどに細い。

ふわふわした銀髪が、うつむく顔を隠すように落ちかかっていた。

その口元がかすかに動いて、澄んだ旋律を紡いでいる。

特別声を張っているわけでもないのに聴き入らずにはいられない、甘くて優しい歌声だ。

「リアーノ」

近寄って声をかけるまで、彼女はイルゼの存在にまったく気づいていなかった。

「……あー、イルゼだ。いい夜だねぇ」

ほわっとした笑みはあどけなく、妖精の取り換え子と言われても信じてしまいそうに浮世離れしている。年齢は十八歳だと聞いているが、せいぜい十四、五歳にしか見えなかった。

「いい夜って……今、何時だと思ってるの？」

リアーノがもたれた扉を見やり、イルゼは声をひそめた。

「もしかして、また締め出されたの？」

リアーノは身ひとつで、しかも裸足《はだし》だった。髪に隠れて見えづらいが、こめかみのあたりに殴られたような痣《あざ》がある。

彼女は近所の酒場で働く歌姫で、恋人と同棲《どうせい》していた。

その恋人というのがろくに働かず、リアーノに金をせびっては、ことあるごとに暴力を振るうろくでなしなのだった。

「あたしが悪いの。今月のお給料、ちょっと少なかったから」

リアーノは恥じ入るように笑った。

「テオが許してくれるまで、ここで待ってるの。大丈夫だよ。ちょっと寒いけど、歌ってれば気にならないし。こうしてる間に新しい曲も作れたし」

「そんな……」

イルゼはいたたまれなくなり、彼女の華奢《きゃしゃ》な手首を掴んだ。

「私の部屋に来て。今夜は泊まっていっていいから」

「そんなことしたら、テオにもっと怒られちゃう。いい子にしてないと、あたし、今度こそ売られちゃうんだ」

「売られる？」

「娼館に。テオの知り合いが女衒《ぜげん》をやってて、条件のいいお店を紹介してくれるんだって。あたしは男の人のアレを舐《な》めて気持ちよくさせるのが上手いから、きっと高く売れるって」

子供っぽいリアーノの口から飛び出したあけすけな言葉に、イルゼはぎょっとした。当の本人は何故驚かれたのかわからないように、小首を傾《かし》げている。

「そんなこと、リアーノはしたくてしてるの？」

「したいかって言ったら違うけど。テオが喜ぶから、別にいいかなって」

「どうして、そんな男のためにそこまでするの？　恋人を娼館に売るなんて普通じゃないわ」

「うん、あたしもそれは嫌。今の仕事が大好きだから、歌えなくなるのは困っちゃう」

そう言って眉尻を下げるリアーノは、やはりどこかずれている。

しかし、彼女が歌うことにこだわる気持ちは、イルゼにも理解できた。

リアーノの歌は、天使が降臨したかのように、優しさと癒《いや》しに満ちた声なのだ。酒場には彼女目当ての客が殺到し、引き抜きの誘いも頻繁にかかっているらしい。

しかもリアーノは、ただ歌が上手いだけでなく、すべての曲を自分で作っている。

孤児院育ちで、正式に音楽を学んだことはないけれど、頭の中で常にメロディが鳴っているから、それを歌声に換えるだけ――と本人は言うのだが。

（天才って人種は本当にいるのね）

サヴィにしろリアーノにしろ、才能のきらめきが眩しすぎる。

恵まれた人たちは、しかるべき場所で輝いていてほしい。もっと広く認められてほしいし、才能を潰される理不尽な目に遭ってほしくない。

心からそう願うが、彼女たちを守るには、イルゼはあまりにも無力で。

「痛っ⁉」

唐突に背後の扉が開き、頭をぶつけたリアーノが悲鳴をあげた。

「いつまでそこにいるんだ。中入れ」

涙目になるリアーノを見下ろすのは、顎髭《あごひげ》を生やした厳《いか》つい青年だった。

「いいの、テオ？　あたしのこと許してくれたの？」

「溜《た》まってんだよ。上の口でも下の口でもいいから、とっとと抜かせろ」

「うん、いいよ！」

イルゼからすれば耳を疑う要求だが、リアーノは目を輝かせて恋人に抱きついた。

「ちょっと待って、リアーノ……！」

「またね、イルゼ。心配してくれてありがとね」

軽やかに言って、リアーノは部屋に入ってしまった。こうなるとできることは何もない。

イルゼは溜め息をつき、隣の部屋の鍵を開けた。

「……ただいま」

声に出すものの、迎える人は当然のことながら誰もいない。

実家の物置よりも狭い、殺風景な部屋だ。北向きの小さな窓は嵌《は》め殺《ごろ》しで、昼間でもほとんど採光の役目を果たさない。

家具といえば、前の住人が残していった傷だらけのテーブルとベッドだけ。わずかな衣服や持ち物は、床に直置きした籠に収納している。風呂なしのアパートなので、入浴は出勤前に公衆浴場で済ませるようにしていた。

すでに日付は変わっているし、あとはもう寝るだけだ。

オイルランプを灯《とも》すのももったいないので、イルゼは暗い中で服を脱ぎ、下着姿でベッドにもぐりこんだ。

丸一日働いた疲れが、たちまち睡魔を呼び寄せる。きっと三秒もたたずに眠れるだろう――と瞼《まぶた》を閉じたときだった。

『あぁんっ……！』

壁の向こうから嬌声《きょうせい》が弾け、イルゼの眉間に皺《しわ》が寄った。

『やだぁ、テオ……奥までいっぱい……あぁん……気持ちいい、テオのおっきいの、気持ちいいよぅ……！』

イルゼは壁に背を向け、両手で耳を覆った。

さっきのやりとりからして、こうなることはわかっていた。さっさと眠りに逃げ込もうとし

たのに、隣人カップルが盛り上がるほうが早かった。

（リアーノはいい子なんだけど……この声だけはなんとかならないかしら）

鍛えられた歌姫の喉は、淫らな喘《あえ》ぎ声をこれでもかと響かせる。ほぼ毎晩こんな声を聞かされ続けていれば、こっちだっていろいろとおかしくなる。

イルゼは無駄に寝返りを打った。

何もしていないのに頬が火照り、心臓がそわそわと騒いだ。

（あんなふうに、大きな声をあげるのが普通なの？　私はどうだったかしら……）

思い出すつもりなどなかったのに、脳裏に半年前の出来事が蘇った。

たった一夜きりの夫婦だった相手と体を交わした、初夜の記憶だ。

◆◆◆

「お待たせいたしました」

――バンッ！

蝶番《ちょうつがい》が弾け飛びそうな勢いで、寝室の扉が開いた。

レースの夜着にナイトガウンを羽織ったイルゼが、腰を落として重心を低くし、両手で力いっぱいに押しやったのだ。

「勇ましいね⁉」

窓際の椅子に座っていたフィエルが、ぎょっとしたように目を剥《む》いた。

「ありがとう。ここまでで結構です」

背後でおろおろと見守る侍女にそう告げて、イルゼは寝室に踏み込んだ。

フィエルの前で立ち止まり、今の行動を説明する。

「礼を失していたなら申し訳ありません。こういうときは思い切りが必要かと思いまして」

「こういうとき？」

「婚約以来、数えるほどしか顔を合わせたことない男性に嫁ぎ、俗に言う破瓜《はか》の痛みとやらに耐えなければならないときです」

ひと息に言うと、フィエルは噎《む》せるように咳《せ》き込《こ》んだ。

「……えーと、いろいろと言いたいことはあるんだけど」

「はい」

「まずは、今日一日お疲れ様。我がオルランド家へようこそ。俺も両親も使用人も、君のことを歓迎するよ」

イルゼは目を瞬《しばた》いた。

女を食っては捨て、食っては捨てする遊び人だと聞いていたが、意外とまともなことを言うものだ。

「皆さまのご厚情、痛み入ります。ふつつかな嫁ではありますが、なにとぞよろしくお願いいたします」

「うん。それをにっこりして言ってくれたら、すごく嬉しいんだけど……真顔なんだよなぁ。就職面接じゃないんだから、もうちょっと寛《くつろ》いで？」

フィエルが掌《てのひら》を差し向け、向かいの椅子に座るよう促した。

互いの間には、瀟洒《しょうしゃ》なガラステーブルが置かれ、天板には寝酒用らしいブランデーのグラスが並んでいた。

「君も飲む？　いける口なんだっけ？　……って、奥さんになった人なのに、こんなことも知らないなんてね」

気まずそうに笑うフィエルに、イルゼはなおも真顔で言った。

「飲めなくはないですが、積極的にいただくこともありません。色や香りで判断できるほどの目利きでもないですが、それはきっと高価なお酒なのでしょう？」

「ああ、うん……そうだね、多分？」

「高いお酒は値段が気になって、味わうどころではなくなります。無理に飲んでも楽しめないのであれば、生産者の方々にも申し訳ありませんので」

「なるほどね。さすが質素倹約が信条なだけはある」

「吝嗇家《りんしょくか》と言ってくださって結構です。ケチ臭いでも貧乏臭いでもしみったれでもご自由に。

この縁談は、私のそういった特性を見込まれたゆえのものと認識しておりますが」

「まぁね。両親が君を気に入ったのは、それくらいしっかりした子と一緒になれば、だらしない俺も真人間になるんじゃないかって期待したからで」

「そこなのですが、『しっかりしている』という定義に齟齬《そご》があるように思います」

イルゼは鹿爪《しかつめ》らしく主張した。

「私の『しっかり』は、主に金銭面のやりくりに関するものです。フィエル様の『だらしなさ』は下半身事情におけるものですから、締まり屋な私と一緒になったところで、改善されるとは思いません。――と父に訴えたところ、『またお前は小賢《こざか》しいことを。見合いの席ではひたすら黙って、先方の言うことに頷いておくんだ』と叱られたので、そのようにいたしましたのですが」

一気に話して喉が渇いた。

「ことなかれ主義であったことはお詫《わ》びします。どうせお見合いで私をご覧になれば、フィエル様のほうから断られると思ったんです。なのに……」

どういうわけか縁談はまとまり、今日まで来てしまった。

ひとつ息継ぎして、イルゼは続けた。

「何故フィエル様は、私のようなつまらない女を娶《めと》る気になったのですか？　いくらご両親の勧めでも、一生を左右することなのですから、もう少し相手を選ぶべきだったのでは？」

単刀直入に訊《き》くと、フィエルは逆に尋ね返してきた。

「そう言う君こそ、どうして俺と結婚してくれたの？」

（わざわざ、それを訊くの？）

家同士の格を考えれば、イルゼのほうから縁談を断ることなどできない。

たとえそうしたいと言ったところで、絶対に父が許さない。

答えようとしたイルゼを制するように、フィエルは言った。

「君の側の立場が弱いから、っていう理由はわかるけど。君みたいにはっきりした性格だと、本当に嫌なら家出くらいしそうだからさ。贅沢に興味がないなら庶民の暮らしにも馴染《なじ》めるだろうし、ばりばり働いて自活しそうだし？」

それが証明されるのはのちのことだが、イルゼはひそかに認識を改めた。

フィエルは思ったよりも観察眼があるようだ。

仕方なく、答えられる範囲で正直な理由を話す。

「私が嫁いでまいりましたのは、何事も経験だと思ったからです」

「経験？」

「結婚も、出産も、夫の不貞に耐えるのも。なんなら義両親からの嫁いびりもネタに――……ではなく、人生の糧《かて》になると思いましたので」

「待って。俺が浮気することと、うちの両親が君をいびるのは決定事項なの？」

「後者は見込み違いでした。オルランド侯爵夫妻は優しくてよい方たちです」

「だよね。俺も自分の親ながら、できた人たちだなーって思う」

「ですがまだ、使用人たちに陰で嫌がらせをされる可能性は残っています。『なんて不釣り合いな夫婦だろう！』と世間から嘲笑されたり、フィエル様の過去の恋人に『この泥棒猫！』と頬をひっぱたかれる可能性も」

「君はそんなに悲劇のヒロインになりたいの？」

「順風満帆《じゅんぷうまんぱん》な結婚生活より、そのほうが盛り上がるじゃないですか」

「盛り上がるって」

「……失礼。こちらの話です」

誤魔化《ごまか》すように咳払《せきばら》いすれば、

「ひとつ訂正させて」

とフィエルが語調を強めた。

「君は自分のことを『つまらない女』って言ったけど、俺はそうは思わない」

「……？　私、この部屋に入ってから、愛想笑いのひとつもしていませんが。冗談も言っていませんし、一発芸も披露しておりません」

「一発芸なんて持ってるの？　それはぜひ見せてもらいたいな……じゃなくて！」

がしがしと前髪を掻きあげたフィエルは、肩の力を抜くように笑った。

「イルゼと話してると面白いよ。君はすごく素直で、正直な人なんだね」

「はぁ」

「その反応も新鮮だ。俺の前で、そんな気の抜けた顔をする女の子を初めて見た」

「……はぁ？」

語尾の下がる「はぁ」と、語尾の上がる「はぁ？」では、明らかにニュアンスが違う。

何言ってんだこいつ、という思いを隠さないイルゼに反し、フィエルは嬉しそうににこにこしていた。

さっきは観察眼があると思ったけれど、やはり彼は顔が良い分、頭がちょっぴり残念なのかもしれない。

（天は二物を与えずってことわざもあるものね）

一人で納得していると、フィエルが立ち上がってイルゼの手を取った。

「なんでしょう？」

「いきなりダンスでも始めると思う？　君はまどろっこしいことが嫌いみたいだから、はっきり言うよ。やることをやろう」

「……承知しました」

どきりとした様子をおくびにも出さず、イルゼも立ち上がった。

この場合の「どきり」は、恥じらいやときめきではなく、大層痛いと評判の注射を打たれる

たじろぎに近い。

「そこに座って」

言われるまま寝台に腰掛けると、フィエルが枕元のランプの光量を絞った。

隣に座った彼に肩を抱かれる。

顔を寄せて覗き込まれ、黒髪をそっと撫でつけられる。

（……『綺麗だ』なんて、心にもないことを言われたらどうしよう）

遊び慣れた男なら、呼吸と同じようにお世辞を口にするのだろうが、一生を共にする夫が嘘つきだというのはげんなりする。

どうか何も言わないでくれと願いながら見つめると、琥珀色の瞳がふいに和《やわ》らぎ、唇に柔らかなものが重なった。

（ああ……これがキス……）

イルゼは、なるほどと得心した。

昼間の結婚式では頬にされたものが、唇に変わっただけだ。

乾いた感触にはこれといって不快さを覚えなかったし、口臭がしたりもしない。

軽く押しつけて離れたフェイルに、

「嫌じゃなかった？」

と囁かれ、こくりと頷く。

「よかった。生理的な嫌悪感だけは、理性じゃどうにもならないから」

「フィエル様のほうこそ大丈夫ですか？」

その点は逆に、イルゼのほうが心配だった。

「私なんかでもちゃんと勃起しますか？」

「ぼっ……！　ぼぼぼっ……⁉」

真っ赤になってそんな声を出すから、火でも噴くのかと思った。

「あのね、いくらなんでも女の子がそんな……お嫁にいけなくなっちゃうでしょ⁉」

「幸い、もうあなたに嫁いだ身です」

「あ、そうか。そうだね。――いやでも、そういうことじゃなくて」

「勃《た》つんですか？　勃たないんですか？　勃たなかった場合は、薬や心理療法で改善する見込みがありますか？　それでも困難な場合、跡取りが残せないという意味で、婚姻の継続は難しいかと思うのですが」

「いや、そこは大丈夫」

フィエルがきっぱりと言うので、イルゼは感心した。

自分のように可愛げのない女相手でも、その気になれるとは大したものだ。

誰であろうと盛《さか》れる見境《みさかい》のなさは、人間社会の倫理的にはともかく、子孫繁栄に励む動物としては優秀極まりない。

「続けるよ」

仕切り直すように、フィエルがまた唇を合わせてきた。

角度を変えて何度も触れて、次の段階に進む予告のように、唇をぺろっと舐《な》められる。舌を入れるキスのことはイルゼも知っていたので、控えめに口を開いた。

「ん……っ」

他人の体の一部が、自分の中に侵入してくる。

違和感こそあったものの、清潔な舌を絡められるのは、思ったよりも悪くなかった。――むしろ。

(なんだか、ぞくぞくする……)

悪寒に似ているけれど違うものが、項《うなじ》を這《は》い上がる。

フィエルの片腕が背中に回され、ぎゅっと抱きしめられた。遡《さかのぼ》った手が後ろ髪を掻《か》き上げ、耳朶《じだ》を摘《つま》んでふにふにと捏《こ》ねた。

「ふぁ……っ」

塞がれた唇の隙間から、出すつもりのない声が漏れる。

耳の縁《ふち》をなぞった指は、今は紅潮した頬を辿《たど》っていた。

口づけを続けながら、イルゼという存在の輪郭を確かめるように、額やこめかみを優しい指が這《は》い回る。

「……んんっ……」

上顎を舌でくすぐられ、ぞくぞくする感覚がまた強くなった。

舌先を吸われ、歯の付け根を舐められれば、頭の奥がじんと痺《しび》れる。頭蓋骨の内側で、ちゅくちゅくと淫らな水音が響いた。

呼吸も満足にできないまま、イルゼは朦朧《もうろう》と思った。

（やっぱり、フィエル様は経験豊富なんだわ……）

まったくの処女である身でも、このキスの巧みさだけでそうとわかる。

妻としては嫉妬を覚えるべき場面なのかもしれないが、イルゼは逆にほっとした。

もしも自分が手術を受けねばならないとしたら、経験の浅い新米医師より、執刀経験の多いベテランに身を委《ゆだ》ねたいと思うはずだ。

そのベテランの手が、イルゼの胸元に下りてくる。ささやかな膨らみを、広い掌がそっと覆う。

触れるというよりは、ただ手を置かれただけ。

警戒心の強い猫との間合いをはかるように、フィエルはしばらくそのままでいた。イルゼの鼓動が我知らず速くなっていくのを、彼は気づいているのだろうか。

「……は、っ……」

キスしていた唇が離れ、イルゼは息をついた。

どちらの唾液かわからないもので、フィエルの唇が濡《ぬ》れている。ただでさえ顔がいいところに、そんな演出まで加わっては、醸《かも》し出す色香が尋常ではない。

濡れたままの唇が、今度はイルゼの耳をはくりと食《は》んだ。

「やっ……」

「くすぐったい？」

囁くように尋ねられ、首をすくめながら答えに迷う。

くすぐったいといえばそうだが、やめてほしいほどの不快さはない。

考えていることが伝わったのか、フィエルはそれ以上を訊かず、唇での甘噛みを繰り返した。

耳の内側にまで舌を這《は》わされ、イルゼの肩が揺れた。

やがて、胸の頂《いただき》にちりっとした感覚が走る。

膨らみに触れているだけだったフィエルの手が、先端を軽く引《ひ》っ掻《か》いたのだ。

「あ、んっ……や……」

刺激自体はささやかなものだが、無防備でいたところを攻められて、全身が一気に敏感になった。

耳孔《じこう》を舐《ねぶ》られながら、布地越しに乳首をくにくにされる。これまでに感じたことのない愉悦がイルゼを包み、次第に何も考えられなくなっていく。

ふと体が傾いたと思ったら、イルゼは寝台の上に横たえられていた。

見上げた視線の先に、フィエルの顔がある。

安心させるように微笑《ほほえ》んだ彼は、前合わせになった夜着の紐《ひも》をしゅるりと解《ほど》いた。

「あっ……」

侍女以外には見せたことのない肌が、フィエルの目に晒される。

これはさすがにイルゼも恥ずかしく、顔を背《そむ》けた。

初夜を迎える覚悟を決めたとはいえ、羞恥や戸惑いがないわけではないのだ。

「わかる？　こっちのほうだけ硬くなってる」

フィエルが示したのは、彼の指で刺激され続けた乳頭《にゅうとう》だった。逆側のそれよりも赤みを増して、ひとまわり大きく膨れている。

「不公平だから、こっちも――ね」

手つかずだった乳首を唇で覆われ、温かい舌で舐め上げられた。

まだ眠ったままのそこを掘り起こされると、身の内で芽生えた疼《うず》きを糧に、ぷっくりと育っていくのを感じた。

「ぁ、あ……う……んっ……」

「思ったより可愛い反応するね」

キスのときと同じく、フィエルの舌はここでも自在に動いた。

隙間なく密着させ、ざりざりとこそぐように舐めては、勃《た》ち上がった乳首に絡みついて扱《しご》き

上げる。

毛穴という毛穴が開くような喜悦に、イルゼの腰は自然とよじれた。

それを頃合いと見たのか、夜着のスカートをたくしあげたフィエルが、大きく目をぱちくりさせた。

「――ずいぶん大胆な下着だね？」

「それは、こちらの侍女が用意したもので……私の趣味ではありません」

イルゼは言い訳がましく主張した。

『フィエル様をその気にさせるのも、妻となったイルゼ様の役目です』

そう言われて湯浴《ゆあ》みの直後に穿かされた下着は、透けるレースの布地がわずかばかり前を覆い、股間部分には細い紐が食い込んでいるだけという、デザイナーの正気を疑いたくなる代物だった。肝心の部分が、まったく何も隠せていない。

おそらくあの侍女は、色気のいの字もないイルゼを見て心配になり、無事に初夜を完遂できるようにと気を利かせてくれたのだろうが。

「これでは下着の機能をろくに果たしていませんし、下半身が冷えてしまいます。ちなみに『これでおいくらですか』と尋ねたところ、目玉が飛び出るお値段でした。欠陥品を売りつけた店を訴えてもよろしいですか？」

「ぶっ……！」

フィエルが口元に拳《こぶし》を押し当てた。

それでも込み上がる笑いは止まらず、肩が小刻みに震え出す。

「っ、ごめ……ぷ、くくっ……やっぱり君は、つまらなくなんかないよ……！」

「私はフィエル様の笑いのツボがわかりませんが」

イルゼは憮然《ぶぜん》として呟いた。

何を面白いと感じるかは人それぞれだが、そのセンスがかけ離れている人と夫婦になるのは、先が思いやられる。

「……ごめん、ほんと。ここからは真面目にやるから」

どうにか笑いを引っ込めたフィエルが、欠陥品の下着を脱がせた。

穿いているほうが破廉恥《はれんち》な作りだったから、脱いだらほっとするかと思いきや、もちろんそんなことはなかった。

「脚、開ける？」

太腿《ふともも》の内側に手を滑らされ、左右に押し広げられる。

フィエルがそこを覗き込むと空気がそよぎ、秘められた奥がひやっとした。

(見られてる……けど、意識しない……しない、しないったらしない……)

イルゼは懸命に己に言い聞かせた。

女の一番大事な場所を凝視され、抵抗がないと言えば嘘になる。

だが、こうなることを承知で嫁いできた以上、騒ぎ立てるのは滑稽だ。

大勢の女性の秘部を見てきたフィエルなら、イルゼのそこが横に裂けているとかでもない限り、いちいち何かを思うこともないだろう。

「準備はできてるみたいだよ」

「……準備?」

「君が俺の、本当の奥さんになる準備。念のためにもう少し慣らしておこうか」

秘裂に添えられた二本の指が、閉じ合わされた場所を開いた。

くちゅ……と濡れた音が立ち、そこが潤んでいることをイルゼに知らせた。

「さっき君は、痛みに耐えなきゃ……って言ってたけど」

媚肉《びにく》のあわいをなぞり上げた指が、小さな芽のような器官に触れて止まった。

「できるだけ痛くしないように頑張るから。イルゼのここ、ちゃんと気持ちよくさせて」

こりこりした芯を、フィエルの指先がゆるりと撫《な》で回す。

お腹の奥へきゅうっと快感が刺し込んで、イルゼの腰がのたうった。

「んん、ぁ……!」

優しく触れてくる中指が、怖いほどの愉悦を注ぎ込む。

薄い莢《さや》を剥《む》いたり戻したりしながら、神経の塊であるそこを、フィエルはじっくりと育て上げた。

イルゼの下腹が細かく波打ち、陰核の下の秘口《ひこう》から、ぬるぬるしたものが溢《あふ》れ出《だ》す。

「っ、は……やぁ……、ぁあっ……」

「そう……もっと声出して」

雌芯をくにくにと転がす指が、下のほうへと移動した。

「我慢すると余計に苦しいと思う。息を止めないで、力を抜いてて」

「っ、あ……！」

指の第一関節までが、くぷっ……と膣内に潜《もぐ》った。

舌を入れるキスと同様に、違和感はあるが痛みはない。

ただし、これがいずれ指ではなく、もっと大きなものに変わると思うと怯《ひる》みはする。

「大丈夫……ゆっくり慣らすから」

イルゼの不安を宥《なだ》めるように、フィエルの指が浅瀬で泳いだ。

猫が水を舐めるのに似た音が、狭い場所でぴちゃぴちゃと鳴った。

「うんっ……は、んあぁ……っ」

徐々に押し込まれる指は、蝸牛《かたつむり》が這うような速度だった。

少し進んでは入口まで戻る動きを繰り返し、隘路《あいろ》に馴染ませようとしている。節高《ふしだか》な指に媚《び》壁《へき》を擦られ、とろ火で炙《あぶ》られるように肌が火照った。

時間をかけて奥へと差し込まれた中指に、蜜襞が纏わりつく。

実際以上に太いものを呑み込まされた錯覚に、内部がずくずくと疼いた。

「狭いね……もうちょっと広げないと。あと一本だけ、指入れさせて？」

イルゼはぎゅっと目を閉じた。

膣口がぐぐっと引き伸ばされて、今度は人差し指と思《おぼ》しきものが入ってくる。

二本に増えた指は探るように中を撫で、熱を溜め込んだそこを、くちゅくちゅと入念に押し捏ねた。

「ん、く……っ」

「声は我慢しないでって言ったよね」

無意識に喘ぎ声を殺していると、フィエルのもう片方の手が頬を撫でた。

「君が気持ちいいってわからないと、俺も不安なんだ。ひょっとしたら、見当違いで独りよがりなことをしてるんじゃないかって」

「千人切りのフィエル様でも、不安になるんですか？」

「なんだか、とんでもない数を見積もられてるみたいだけど」

フィエルは苦笑した。

「どんな過去があったところで、なんの安心材料にもならないよ。今の俺はイルゼといて、君はこういうことをするのが初めてなんだから。あとから思い出して、嫌な記憶になってほしくない」

「……お気遣いありがとうございます」

　ふっと息を吐き、イルゼは自分が思う以上に緊張していたのだとわかった。

（――多分、フィエル様はいい人なんだわ）

　親の勧めで結婚しただけに過ぎないイルゼにも、できる限り優しくしようとしてくれる。

　その優しさが複数に向けられるところが、不誠実と詰《なじ》られる所以《ゆえん》なのだろうが、女を玩具《おもちゃ》のように扱うだけの色情魔ではないらしい。

　だからイルゼも、正直に向き合うことにした。

「あの。こういうことをする際の、正しい声の出し方はよくわからないのですが」

「正しいも間違ってるもないけどね。……で？」

「さっきから、フィエル様にされて嫌だと思うことはひとつもないです。なので……おそらく、気持ちがいい……のではないかと……」

　もごもごとイルゼが言うと、フィエルは破顔《はがん》した。

「ありがとう。ちゃんと伝えてくれて」

　イルゼの額にキスを落とし、そのまま顎の先、鎖骨の窪《くぼ》み、臍《へそ》の上――と、順番に唇の位置を下げていく。

「だったら、こんなのはどう？」

「っ――!?」

イルゼは目を見開いた。

膝裏を押し上げられ、腰が浮いたと思ったら、フィエルがあり得ない場所を舐めていた。

さきほどまで指を突き立てられていた膣口を――入口ばかりか、ぐっしょりと濡れた内部にまで、温かな舌が侵入してくる。

「だ、だめ……そんな、やぁぁあっ……！」

喉の奥から高い声が迸《ほとばし》った。

ぬらぬらした舌は信じられないほど奥まで伸びて、意思を持つ生き物のように動いた。じゅぷじゅぷと抜き差しされる生々しさに、足の指が引き攣《つ》るように空を掻いた。

「いや、ぁあ……やだ……っ、ん……！」

「俺には、嫌じゃないって声に聞こえるんだけど」

イルゼの股座《またぐら》に顔を埋《うず》めながら、上目遣いでフィエルが笑った。

「もっとさせて。……ついでに、こっちもたくさん舐めさせて」

「ひぁっ⁉」

フィエルが狙いを定めたのは、丸々と赤く実った秘玉《ひぎょく》だった。

尖《とが》らせた舌でぴんぴんと、緩急をつけて弾《はじ》かれる。かと思えば唇で吸いつかれ、じゅっじゅっとリズミカルに吸い立てられる。

興奮で凝《こ》り固まるそこへの刺激は、溜め込んだ淫熱を弾けさせるのに充分だった。

「い――やぁ、んあっ、あぁああっ……――！」

脚の間の痺れが最高潮に達して、イルゼは憚《はばか》りのない声をあげた。

視界が明滅し、どことも知れない場所へ放り出される。

心臓が激しく轟《とどろ》き、毛穴から粘っこい汗が噴き出した。腰回りはひどく重いのに、寝台から背中が浮き上がったように全身がふわふわした。

「上手に達《い》けたね」

唇を汚すものを舐め取り、フィエルが笑う。

その言葉に、イルゼはゆっくりと我に返った。

「達く」という現象については、巷《ちまた》に出回るロマンス小説で読んだことがある。性的な行為における刺激で、高まった快感が爆《は》ぜることだと理解している。

男性は出るものが出るので明確だが、女性の場合は外から見てわかるものではないので、「これがそうだ」と言い切れるのか疑問だったのだが。

「……私でも、達けるんですね」

「え？」

「初めてですけど、ちゃんとわかりました。すごく感覚的なものなので、言語化するのは難しいですけど」

呆気《あっけ》にとられるフィエルをよそに、イルゼは満足げに頷いた。

「ありがとうございます。知りたかったことを、これでひとつ知れました」

「……イルゼは、こういうことに興味があったの？」

「『こういうこと』というのは性行為ですか？」

イルゼは首を傾げた。

「性行為に限らず、知らないことはなんでも知りたいです。命にかかわらないのであれば骨を折る感覚も知りたいですし、うっかり毒を飲んだらどんな風に苦しいのかも――」

「頼むから試さないでよ!?　そういえばさっき、『何事も経験』だとか言ってたね」

「はい。ですから、続けてください」

イルゼはフィエルに向けて微笑んだ。

それが彼の前で初めて浮かべた笑顔だと、自分では気づいていなかった。

「……っ」

フィエルがごくりと唾を飲んだ。

せわしなくシャツを脱ぎ捨て、脚衣の前が開かれるのを、イルゼはじっと見つめる。男性のそこがどうなっているのかも、もちろん知りたかったのだ。

（これが……――！）

やっとお目見えできたものに、感嘆の声こそ堪えたが、目が輝くのは止められない。

フィエルのそこは見るからに硬そうで、隆々と上を向いていた。

色は赤黒く、形は笠《かさ》の目立つ茸《きのこ》のようだが、不思議と気味悪いとは感じない。自分が相手では勃たないかもと心配していたので、杞憂《きゆう》だったことにほっとする。

（あとで、この大きさが平均値なのかも訊いておかないと）

そんなことを考えるうちにも、フィエルはイルゼの夜着を脱がし、完全な裸にしてしまった。

互いに生まれたままの姿になり、フィエルが身を重ねてくる。

のしかかる体は想像よりずっしりとしていたが、人肌のぬくもりが素直に心地よかった。

「……いくよ」

フィエルが自らの雄芯を握り、イルゼの秘所に押し当てた。

すぐに侵入してくるかと思ったのに、そうではなかった。入り口付近を亀頭でゆるゆる擦《こす》り、溢《あふ》れる蜜を纏わせている。

「っん……！」

敏感なままの秘玉《ひぎょく》を擦られ、イルゼは息を詰めた。

ぷくりと膨れた珊瑚《さんご》色の肉粒に、鈴口を合わせてくちくちと刺激される。

フィエルが力を込めたり抜いたりするたびに、小さな凹《へこ》みに嵌《は》まった陰核が締めつけられ、得も言われぬ愉悦が込み上げた。

「こうしてるだけでも気持ちいいけど」

フィエルが悪戯《いたずら》っぽく笑い、肉茎《にくぐき》を下に滑らせて花唇《かしん》を割った。

「俺も我慢できなくなってきた。――挿《い》れちゃうね」

「ん……ん、ぁ、あっ……！」

――フィエルの屹立《きつりつ》が、ついに押し入ってくる。

指を入れられたときと同じように、決して急《せ》くことのない動きだった。浅く進んでは戻り、軽く突いては引いて、狭隘《きょうあい》な場所を傷《いた》めないようにと気遣っている。

そのもどかしさで、逆におかしくなりそうだった。

イルゼの中は彼が思う以上に熟れていて、指二本より太いものにも抵抗なく綻びた。

「ぁあ、い……っ……」

「痛い？」

「ち、が……」

「もしかして、足りない？」

察しの良いフィエルが食い込ませた剛直に、言葉よりも体がそうだと答えた。

充血した膣壁が雄茎《おすぐき》を抱きしめるように包んで、もっと奥へと誘《いざな》っている。

「大丈夫そうだね。これなら――」

準備は整ったと知ったフィエルが、イルゼの腰を摑んだ。

結合部を一気に引きつけられて、ずんっとした重量が腹を圧した。

「あぁぁ……っ！」

「ん……入ったよ。——全部」

フィエルが感に入ったような息をついた。

「もう少し、このままでいたほうがいい？」

「いえ……」

フィエルとひとつになった途端、身の内にひたひたと喜悦が広がった。

しょせん、この体は生き物の雌だ。

生殖のための行為に悦《よろこ》びを覚えるよう作られていることに、浅ましさよりも興味深さを覚えてしまう。

かくなる上は、この好奇心をとことん満たしたかった。自分がどんなふうに感じて、心身がどう変化していくのか、知りたくてたまらなかったのだ。

「待たないでいいです。気持ちいいですから……もっと……」

「——煽《あお》ったのはそっちだからね？」

琥珀色の瞳が眇《すが》められ、埋め込まれた男根がゆっくりと動き始めた。

ずるっと手前に引かれたものが、ぐぷぐぷと音を立てながら、再び奥へと潜っていく。

抜かれるたびに閉じていこうとする蜜襞を、雁首《かりくび》が何度でも割り開く。

「ぁ、ああ……は……っ」

イルゼは両の目を閉じ、沸き立つ快感を噛み締めた。

呼吸の乱れ。

体温の上昇。

じっとりと汗ばんでいながら粟立《あわだ》つ皮膚。

すべてを覚えておきたかったのに、そんな余裕はすぐになくなった。

熱を孕《はら》んだ花筒《はなづつ》をぐちゅぐちゅされるのが、どうしようもなく気持ちいい。敷布を逆手《さかて》に握りしめ、反り返った背中が弧を描《えが》く。

「君さ……反応、良すぎなんだって……」

フィエルの唇からも、弾む息が洩《も》れていた。

イルゼの体が快感に跳ねるたび、秘口がきゅうきゅうと雄杭の根本を締めつける。

「初めてなのに、こんなに嬉しそうに……もっと来てって、招かれてるみたいで……」

「ふぁあっ……！」

ひときわ深い場所を突かれ、それを皮切りに抜き差しが速くなった。

反り返った雄刀でずちゅずちゅと擦られ、蜜襞が嬉しげにざわめく。たくましい突き上げに呼応し、与えられる官能を貪《むさぼ》っている。

「あん、あっ……あっ、あああっ……」

「ねぇ、イルゼ。俺たち、かなり相性いいのかも」

「あい、しょ……？」

「君も思わない？　――好きでしょ、俺のこれ」

「ひぁああっ……！」

臍の裏側をごりゅっと穿《うが》たれ、蕩《とろ》けた声があがった。

自分の喉からこんなにも甘い響きが生じることを、イルゼは初めて知った。フィエルといると、自分でも知らなかった可能性を発見させられることの連続だ。

「もっと……イルゼに、もっと感じてほしい」

フィエルは揺れる乳房をすくいあげ、先端を唇で啄《ついば》んだ。

熱い口内に吸われた乳首が、舌で転がされてじんじんと疼く。反対の乳房も裾野から揉《も》まれ、体温が高まっていく。

そうしながらも彼の腰は、イルゼの奥をずんずんと突き上げているのだ。

「う、あ……あぁん……やっ……」

「この感じだと、また達けるかもね」

イルゼの反応を窺《うかが》い、フィエルは尖った乳首に軽く歯を立てた。

「中がうねって絡みついて……俺も、すごく気持ちいいよっ……」

最初の遠慮がちな動きが嘘のように、大きく腰を打ちつけられて、イルゼの秘所はしとどに愛液を零《こぼ》した。

乳首を甘噛みされる快感と、蜜壺をじゅくじゅくと擦り上げられる快感。

種類の違う喜悦が螺旋状《らせんじょう》に絡み、イルゼを再びの極みへと押し上げていく。

「あっ、あっ、……っ、また……」

「もう駄目？　達っちゃう？」

「い……っちゃ、う……」

「うん。じゃあ、俺も一緒に」

摩擦の勢いがいっそう増して、肌と肌のぶつかる間隔が短くなる。

ついさっきまで、誰にも踏み荒らされたことのなかった花床《はなどこ》は、早く種を蒔《ま》いてくれとばかりに、不随意な蠢動《しゅんどう》を繰り返していた。

やがてとうとう限界を迎え、甘やかな戦慄が脳天を貫く。

「ああぁっ、も……いっ……――！」

何を考える余裕もなく、イルゼは目の前の体に夢中でしがみついた。

二度目の絶頂にがくがくと震えるイルゼを、フィエルは力強く抱きしめて、かすれた声とともに精を吐いた。

「ん……っ、出すよ、イルゼ……っ！」

肉棒の脈動が伝わり、イルゼの奥に熱い飛沫《しぶき》が放たれる。

収縮の続く膣内から、フィエルは息を凝《こ》らして自身を引き抜き、精管に残ったものを絞り切るように扱《しご》いて、最後のひと雫《しずく》までを滴《したた》らせた。

（これが、男女の……夫婦の行為……──）

大仕事を終えた達成感と疲労感に、イルゼは放心するばかりだ。

覚悟していた痛みはほとんどなく、思いがけず気持ちよくまでなってしまった。

処女喪失は苦痛を伴うものだという事前知識に照らし合わせれば、かなり幸運な初体験と言えるだろう。

「──あのさ」

互いの始末を終えたフィエルが、隣にうつ伏せてこっちを見た。

「君はまだ俺のことをよく知らないし、聞いてるのは悪い評判ばかりだろうけど……この結婚を、後悔させせないように努力するよ」

「……はい？」

「イルゼに好きになってもらえるよう、俺なりに努力する」

思いがけない真摯《しんし》な瞳に、イルゼは戸惑った。

貴族同士の結婚は、家同士の都合でまとまることが普通だ。燃えるような愛などなくても、それなりの情があれば夫婦関係は保たれる。

おそらく自分たちもそうなるのだろうと思っていたのに。

（私がフェイル様を好きになる？　──この先、そんなこともありえるの？）

考えていなかった可能性を検討しようとするも、瞼《まぶた》が急速に重くなる。

「……すみません、フィエル様」

「ん？」

「お話の続きは、また明日……とても、眠くて……──ぐぅ……」

「ええっ、寝るの早っ⁉」

赤ん坊の頃からやたらに寝つきがいいというのが、イルゼの数少ない長所のひとつだ。

意識が完全に途切れる寸前、

「……まぁいいか。急がなくても」

と苦笑する声がした。

「俺たちは長い付き合いになるんだからね。──明日からもよろしく、奥さん」

そう。

長い付き合いになるはずだったのだ、本来なら。

まさか初夜の翌日に実家が破産し、離婚を願い出る羽目になるとは、この時点ではイルゼとて露ほども思っていなかった。

第三章　春を売るための心得、なにとぞご教授願います

（――詰んだ）

病院の建物を出るなり、イルゼは空を仰いだ。

暗澹《あんたん》たる心情とは裏腹に、頭上に広がる夕焼けは、濃淡の異なる茜色《あかねいろ》のヴェールを重ねたように美しい。

街の中心にそびえる時計塔が、鐘を五回鳴らして時を知らせた。その音に驚いた鳥たちが、街路樹の梢《こずえ》から無数の点となって飛び立った。

冬の日は短い。完全に暗くなってしまう前に、鳥たちも塒《ねぐら》に戻るのだ。

自分も帰らなければと思うのに、イルゼの足はその場に根を張ったように動かなかった。

『お母様の状態は、正直かなり悪いです』

母の担当医から聞かされたばかりの言葉が、肩に重くのしかかる。

『心臓の弁が正常に閉じず、血液の逆流が生じているため、徐々に機能低下している状態です。このままでは細菌が繁殖し、急性の心不全を起こす可能性も――……』

今日は朝から数種類の検査があり、イルゼは仕事を休んで病身の母親に付き添った。

以前と比べて明らかに痩せた母は、検査の結果を聞かされても、

『私の命なんてどうでもいいのよ』

と投げやりに言った。

『イルゼにこれ以上、苦労をかけたくないの。せっかくの結婚も自分から破談にしてしまって……厄介者の私のことなんか忘れて、あなたはあなたの人生を生きなさい』

そんなふうに言われて、わかったと頷けるわけもない。父親の行方がわからない以上、イルゼの身内は今や母親だけなのだ。

心臓の弁を再形成する手術をしなければ容体は悪化し、命の保証はできかねるというのが、担当医の結論だった。

もちろん手術は受けさせたいが、問題はその費用だ。

（八百スロン——今の私のお給料だと、ほとんど半年分の稼ぎだわ）

これまでの入院費や薬代の払い込みも遅れているし、さすがに今回はまとめて支払わないと、医者も執刀してはくれないだろう。

重力にうなだれる首を無理矢理持ち上げ、イルゼは両頬をぱしんと叩いた。

（落ち込んでる場合じゃない。家族のためなんだから、なんだって頑張れるはずよ）

とはいえ、今の職場に前借りをさせてもらったり、怪しげな金融業者に頼ったりしたところ

で、結局は自分の首を絞めるだけ。

かくなる上は——と、最後の手段を頭に思い浮かべたときだった。

「イルゼ！」

声をかけられて振り返れば、見慣れた赤毛頭が立っていた。

「……フィエル様」

「『小鳩亭』に行ったら、今日は病院だって聞いたから。そのうち出てくるだろうって待ってたんだけど……お母さんのお見舞いだったの？」

どうして彼は、イルゼの動向をいちいち気にするのだろう。

いくら暇にしたって限度があると、八つ当たりのように思ってしまう。

「検査の付き添いだったんです」

素っ気なく答え、イルゼは歩き出した。

自分としてはかなりの速足なのに、脚の長いフィエルは簡単に追いついて隣に並んだ。

「検査って、こないだ言ってたやつ？　場合によっては手術をしなくちゃいけないって」

「よく覚えていらっしゃいますね」

「忘れるわけないよ。それで、結果は？」

何も言わないでいると、フィエルは表情を曇らせた。

「……あんまり良くなかったんだね」

「すみません。これから行く場所がありますので」

暗に「帰れ」と言ったつもりだが、フィエルはしつこくついてきた。

追い返すことを諦め、イルゼは繁華街の裏道に踏み込んだ。本当に追い詰められたときの場合を考えて、下見のつもりで何度か足を運んだ通りだ。

「……ここって」

フィエルが気づいて眉をひそめる。

狭く入り組んだ道には、赤や紫に塗られた派手な看板が並んでいた。

掻き入れどきにはまだ早いようだが、崩れた雰囲気の客引きたちが、手ぐすね引いて待ち構えている。彼らの間をすり抜けて歩くイルゼは、露骨な好奇の目を向けられた。

(できれば、男の人じゃなくて……話をわかってくれそうな、女の人がいる店がいいんだけど……)

目線をさまよわせ、イルゼは見つけた。

店先のベンチに脚を組んで座り、気だるげに煙草《たばこ》を吹かす初老の女性。

化粧は派手だが、年齢からして働き手ではなく、おそらく店の責任者のほうだろう。

「すみません。こちらのお店の方ですか?」

「そうだけど?」

長々と煙を吐いた女性が、胡乱《うろん》げにイルゼを見上げた。

怯《ひる》む心を奮い立たせ、イルゼは思い切って言った。

「私、このお店で働きたいんです。女の子の募集はしていませんか？」

「イルゼ⁉」

ぎょっとした顔のフィエルが、イルゼの腕を引いた。

「ここがどういう店か知ってるの？」

「ここが何する店か知ってるのかい？」

はからずも二人の声が揃《そろ》って、イルゼは頷いた。

「娼館ですよね。女性が金銭と引き換えに、男性に性的な奉仕をするお店でしょう？」

この間、隣人のリアーノが言っていた。恋人のテオに稼ぎが悪いと責められて、娼館に売られてしまうかもしれないのだと。

その場では憤慨したが、あのときのイルゼの頭には、いざとなれば自分も体を売って稼ぐ道があるのではという考えがよぎっていた。

「見てのとおり美人でもないですし、体に自信もありません。だけど、働かせてもらえるなら精一杯頑張ります」

「ふうん……あんた、処女かい？」

「違います」

不躾《ぶしつけ》な質問にも、イルゼは正直に答えた。

女店主はじろじろとイルゼを眺め、面接のつもりなのか、往来だというのに赤裸々《せきらら》な質問を重ねた。

「今までの経験人数は？」

「一人です」

「ヤってる最中にイったことは？」

「……あります」

「感度はいいのかね？　よく濡れるほうかい？　あそこが黒ずんでたり、乳輪が大きすぎると客がつきにくいんだけど、そこんところは？」

次々に尋ねられても、そんな場所を他人と比べたことがないのでわからない。

イルゼは答えに詰まり、苦しまぎれにフィエルを見た。

「あの、私、どうでした？」

「え」

「自分では客観的に見られませんので。フィエル様なら、私の体も他の女性の体もご存知なので、今の質問に答えていただけるんじゃないかと」

「あんた、恋人に言われて身売りをしにきたのかい？」

店主が呆《あき》れ返《かえ》ったようにフィエルを睨《にら》んだ。

誤解させてしまってはいけないと、イルゼは急いで訂正した。

「恋人じゃありません。元夫です」

「別れた旦那に金をせびられて、こんな場所に？」

店主がフィエルに向ける視線はますます冷たく、ゴミ虫を見るそれになる。

黙って聞いていたフィエルが、

「ああもう……！」

と叫んで、イルゼの手首をひったくるように摑んだ。

「帰るよ、イルゼ」

「え、でも」

「でもじゃない！　職業に貴賤《きせん》はないけど、君が他の男に抱かれるのは見過ごせないよ！」

聞いたこともない大声に、イルゼは目を白黒させた。

そのまま引きずられていくイルゼに、店主が辟易《へきえき》したように舌打ちし、

「痴話喧嘩ならよそでやっとくれ！」

と煙草の燃え殻を投げ捨てた。

◆◆◆

「……どうして止められなきゃいけなかったんですか？」

正面に座るフィエルを、イルゼは憮然と見つめた。

場所はイルゼのアパートで、二人はダイニングテーブルを挟んで向き合っていた。いきなりの訪問だったのでもてなしの用意などなく、お茶すら出せていない。

そもそも、この部屋に誰かを入れたのは初めてだ。

正確には自分から招いたのではなく、イルゼをここまで送り届けたフィエルが、

『ちょっと話をさせて』

と押し入ってきた次第だ。

「せっかく、話の流れでは雇ってもらえそうでしたのに。フィエル様が、あの質問にちゃんと答えてくだされば」

「あんなデリケートな情報を、ぺらぺら喋るわけないだろ？　周りには、他の男たちだっていたっていうのに」

珍しいことに、フィエルは腹を立てているようだった。

そういえばこの人は、会うたびにへらへらした笑顔しか浮かべていなかったなと、今になってイルゼは気づいた。そうでなければこちらのすることに面食らっているか、素っ頓狂に慌てているかだ。

（どうして怒られるの？　私は合理的な選択をしただけなのに）

病気の母親の治療のために、必要な分のお金を稼ぐ。

食堂や劇場の給金だけでは足りないから、より稼げる道を探して、娼館へ職を求めに行く。

それのどこに、フィエルを怒らせる要素があるというのか。

「そもそも、君は嫌じゃないの？　どこの誰ともわからない、会ったばかりの男と、そういうことが平気でできるわけ？　もっと自分を大切にしてよ」

「平気ではないです」

イルゼはむっとして言い返した。

「私だって、軽々しく娼館に行ったわけじゃありません。ああするのは最後の手段だと決めてましたし、できれば避けたいとも思ってました」

不特定多数との性行為で病気になったり、客からの暴力に晒される危険は常にある。健康を損なってまで働くのでは、元も子もない。

けれど。

「お金がないせいで母を見捨てるなんて、私にはできません」

テーブルの下で、イルゼはぎゅっと拳を固めた。

「打つ手があるのに何もしないまま、諦めたくないんです。自分を大切にする前に、大好きな母が死んでしまうのはもっと嫌だから」

「だから……だからさ」

フィエルは苦しそうに息をついた。

「どうして俺を頼ってくれないの？　手術費用は出すし、返せなんて言わないって、前にも話したよね？」

「赤の他人にそこまで甘えるわけにはいきません」

「他人って……！」

フィエルがテーブルを強く叩いて立ち上がった。

剣幕《けんまく》に呑《の》まれ、イルゼは目を丸くして彼を見上げた。

「──イルゼにとって、俺ってなんなの？」

どこか悲しげに尋ねられ、イルゼは戸惑いつつ答えた。

「さっきも言ったとおり、元夫です」

籍を抜いた以上、法的には他人だ。そこは何も間違っていない。

「それでも、嫌いになって別れたわけじゃない。……だよね？」

「嫌いになるほど、フィエル様をよく知ることができませんでしたので」

何せ、彼と結婚していたのは一日きりだ。

思ったよりいい人だと感じたことは確かだが、ややこしい金銭問題に巻き込めるほど、親しい間柄だったわけではない。

「ですけど、感謝はしています」

我ながら情のない発言をしている気がして、イルゼは付け加えた。

「フィエル様のおかげで、男女の行為がどういうものかは知れましたから。どうせ私は、もう処女ではありませんし」

「……『どうせ』？」

「はい。あの経験がなかったら、娼館で働こうなんて思い切れなかったと思います」

何も知らない身なら二の足を踏んだだろうから、守るものがない状態にしてくれたという点で、あの結婚には意味があったと思う。

「一度男に抱かれた程度で、何をわかった気になってるの？」

フィエルがイルゼを見下ろし、口の端を歪《ゆが》めて笑った。

「君が娼婦《しょうふ》だなんて笑っちゃうな。俺とのときみたいに、ただ寝転がってればいいってわけじゃないんだよ？」

彼らしくもない厭味な口調に、イルゼはかちんときた。

生半可《なまはんか》な気持ちではないと示したくて、目線を合わせるために立ち上がる。

「でしたら、男性を悦《よろこ》ばせる努力をします。仕事にすると決めたからには、手を抜いたりしません」

「――言ったね？」

フィエルの笑みが質を変えた。

強い力で腕を掴まれ、ベッドに投げ出される。硬いマットレスに背中を打ち付け、ぐっと息

が詰まった。

「何を……っ⁉」

身を起こす間もなくフィエルにのしかかられ、イルゼは目を剥《む》いた。

「それだけの覚悟があるなら、俺が教えてあげる。『どうせ』知らない仲じゃないんだから、構わないだろう?」

イルゼを組み敷き、フィエルは素早く唇を重ねた。

触れるだけの淡いものではなく、口腔《こうこう》を舌で割り、ねっとりと絡みつかせてくる濃厚なキスだ。

「ん、ふ……――っ……」

口蓋《こうがい》を舌先でなぞられ、くぐもった声が洩れた。

熱い舌はどこまでも巧みに動き、意に反した官能を掻《か》き立ててくる。

「ん、う……ふぁ……っ」

「ほら、また受け身になってる。俺とのキス、そんなに気持ちいい?」

からかうように言われ、イルゼはやっと我に返った。

「自分からも積極的にならないと。努力するって息巻いたのは嘘だったの?」

「だからって、どうしてあなた相手に……」

「実施で勉強するのが、一番身につくからに決まってるだろう?　本番の客相手に『どうすれ

ばいいのか教えてください』って頼んでるようじゃ、商売にならないよ」

——一理ある、とイルゼは思ってしまった。

友人のサヴィやリアーノを見ていればわかる。台詞の入っていない役者や、歌詞を忘れた歌姫が舞台に立つことはありえないように、服を脱いで脚を開けば、即座に娼婦になれるというものでもないだろう。

そしてフィエルは、この手の教師としては恰好《かっこう》の人材なのだった。何せ、だてに千人切りの異名はとっていない（本人は多く見積もりすぎだと言っていたが）。

「……ご指導ご鞭撻《べんたつ》のほど、よろしくお願いいたします」

現状、こうすることが一番合理的だから。

己に言い聞かせたイルゼは、思い切って唇を突き出した。がちん！　と勢い余って前歯がぶつかり、フィエルが悶絶《もんぜつ》した。

「いっ……！」

「す、すみません。気合が入り過ぎました」

こっちは無傷だったが、フィエルの下唇は哀れにも切れていた。血のにじむそこに、イルゼはとっさに舌を這わせた。

「……っ」

フィエルがびくっと身を固くする。痛むのだろうが、とにかく出血を止めなければとイルゼ

は一心に舐め続けた。

「……そのまま、口の中も舐めて」

喉に絡む声でフィエルが言った。

「中も切れてしまってました？」

「違うけど。もっと舌を出して……俺の舌に擦りつけて」

どうやら、「指導」はすでに始まっているようだった。

乞われるまま、イルゼは舌を伸ばしてフィエルの口内を探った。さっき彼にされたことを真《ま》似《ね》するように、舌先に触れた柔らかいものを丹念に擦り合わせた。

夢中でキスするうちに肺が苦しくなり、頭がぼうっとしてくる。

「息を止めてたら死んじゃうよ？　ちゃんと鼻で呼吸して」

「あ……そうでした……」

そんな簡単なことすら、言われなければわからなかった。

「キスしながら、俺の背中に手を回して。髪を撫でたり、手を繋いだり……恋人みたいに抱き合うのが好きって客は、結構いるから」

さすがに色男の教えは細やかだ。

感心したイルゼは、フィエルの背中に腕を回した。

慣れないなりに舌を動かし、フィエルのそれにくちゅくちゅと絡める。唾液を飲み込むタイ

ミングに迷って、口の端から零してしまう。

それでも懸命にフィエルにしがみつき、ぎこちない口づけを続けていると。

「頑張り過ぎでしょ。……もういいよ」

顔を離したフィエルに怒ったような目で見下ろされ、イルゼは困惑した。

「やっぱり下手でした？」

「いや。キスは唇だけにするものじゃないし」

「？」

「脱がせて」

ベッドの上に胡坐《あぐら》をかいたフィエルにつられ、イルゼは身を起こした。客の服を脱がせることも、手順のひとつなのだと理解して。

シャツのボタンをひとつひとつ外していくイルゼに、フィエルが言った。

「性感帯は人によって違うから。いろんな場所にキスしたり、触ったりしながら探してみて」

「わかりました」

そういえばフィエルも初夜の場では、イルゼの体のあちこちにキスし、愛撫《あいぶ》を加えて反応を見ていた気がする。

完全にシャツを脱がせると、イルゼはまず、フィエルの首筋に唇を寄せた。

特に声があがったりはしなかったので、外したかと思いながら鎖骨に移り、さらに下へと唇

を這わせる。

それなりに厚みのある胸の左右には、ぽつんと色の変わった乳嘴《にゅうし》があった。自分がそうされると気持ちよかったことを思い出し、イルゼはちゅっと音を立てて吸いついた。

「は、っ……」

かすかにフィエルの息が乱れたので、今度は子猫のようにぺろりと舐める。舌先に当たるものが、きゅっと尖って硬くなった。

反応があったことに励まされる一方で、イルゼはつくづく実感した。

（……これは、難しいわ）

舌の動かし方。強さ。速度。いくらでも工夫ができるようで、正解がわからない。

（こんなことを、相手によって変えなきゃいけないんだから――それも商売でしてたわけじゃないんだから、フィエル様はすごいわ。モテるのにもちゃんと理由があるのね）

尊敬の気持ちを抱《いだ》きながら、イルゼは膨らんだそこを舐め続けた。反対側の乳首も指先でこりこりさすると、やっぱり硬くなってきた。

それでも、上手くやれている確信を得られないのは、フィエルが唇を引き結び、痛みに耐えるような表情をしているからだ。

「あの……あまりよくないですか？」

「どうしてそう思うの」

「声が出ないので。隣の女の子は、恋人とするとき、こっちまで聞こえるようなすごい声を出すんですけど」

勝手に例にあげて申し訳ないが、リアーノがフィエルと顔を合わせることはないだろうから許してほしい。

「男と女の反応はちょっと違うよ。思い出してみて。君が感じたとき、声を出すほかに、何か変化があったんじゃない？」

「変化――……股間が濡れたことですか？」

「はっきり言うなぁ」

フィエルは苦笑いした。

「男も同じだよ。目視でも触ってでもいいから、どうなってるかを確かめて。あそこがちゃんと勃《た》ってたら、気持ちいいってことだから」

「承知しました」

間髪容《かんぱつい》れずフィエルの股間をむんずと摑み、イルゼは顔を輝かせた。

「大きいです、硬いです、立派です！　よかった……！」

「痛い痛い痛いよイルゼ！　もっと繊細に触ってくれる⁉」

乱暴な扱いのせいで若干力を失ったものを、イルゼは慌てて、脚衣の上からよしよしと撫でた。

「ごめんなさい、生来がさつなもので」

「うん。やっぱり君、こういう仕事向いてないと思うよ」

「そんなのわかりません。まだ練習段階なんですから、努力次第で伸びるはずです」

「めげないんだね……だったら、これを舐められる？」

フィエルは脚衣の前を開き、躊躇《ためら》いなく肉棒を露出させた。

目を瞠《みは》るイルゼに、フィエルは挑発するように言った。

「洗ってもいない、汚い男のものを口に含めって要求される。それが娼婦の仕事なんだよ。子爵令嬢だった君が、そんなことできるわけ――」

「知ってます」

イルゼはフィエルを遮った。

「そういうやり方があることは知ってます。隣の子が教えてくれましたから」

『あたしは男の人のアレを舐めて気持ちよくさせるのが上手いから』――リアーノの言葉を思い出し、イルゼは身を屈《かが》めた。

フィエルの前に這いつくばり、落ちてくる邪魔な髪を耳にかける。

上向くものの先端にキスした瞬間、フィエルが大きく後退《あとずさ》った。

「待って⁉　まさか本当にやるなんて……いいよ、そんなことしなくていいから！」

「指南役が日和《ひよ》らないでくださいますか？」

イルゼはフィエルの太腿を押さえつけ、挑発し返すように言った。

「フィエル様のほうから、『俺が教えてあげる』と言いだしたんです。一度口にしたことには責任を持ってください」

「ほんとに君は強情だよね」

フィエルの肩が力なく落ちた。

「そこまで言うならやってみなよ。……まずは、先っぽをいっぱい舐めて」

勘こそ悪いかもしれないが、イルゼは熱心な生徒だった。

与えられた命令に従い、つるりとした亀頭に舌を這わせる。汚いものだとフィエルは言ったが、わずかに汗の味がするくらいで、さほどの抵抗もなく舐められた。

「次はここ……この溝《みぞ》のところを、ぐるっと」

フィエルの指が示すとおり、雁首《かりくび》の下の窪みをねろりと何度も周回する。日常生活でこれほど意識的に舌を動かすことはないから、付け根のあたりが次第に痺れてきてしまう。

「今度はこっち。裏筋っていうんだけど、ここを下から上へ……」

肉竿の裏側を、言われたとおりにイルゼは丁寧に舐め上げた。

ぴちゃぴちゃと音の立つ口淫《こういん》を続けるうちに、フィエルの剛直はひと回り膨張し、目の前で重たげに揺れている。

（こんなこと、今まで読んだどのロマンス小説にも出てこなかったわ）

女性向けの小説では、一線を越えたという匂わせはあっても、露骨な性描写は少ない。嫌悪感を催すような行為はぼかされ、あくまでも愛のある情交が描かれる。

（もしもこの体験をもとにするとしたら、ジャンルはロマンス小説じゃなく、さらに過激な官能小説になるわね）

――抽斗が広がった、とイルゼは思った。

この場でメモを取れない分、ちゃんと覚えておかなくては。

フィエルの鈴口が悶《もだ》えるようにひくひくしていることも。

その様子を眺める自分の秘部が、何故かじんわりと熱くなってくることも。

「……咥《くわ》えて……イルゼ」

かすれた吐息交じりに命じられ、イルゼは口を開けた。

まずは、大きく嵩《かさ》ばった亀頭をはくりと含む。幹のほうも少しずつ迎え入れていこうとするが、ほどなく不可能だと悟った。

（こんなに大きいの……入りきらない）

困惑して見上げると、フィエルはあえてのように傲慢に言った。

「もっと深く呑み込むんだよ。喉の奥で先を擦るつもりで、頭を振って刺激して」

娼婦なら、それくらいできなければ話にならないというのだろう。

イルゼは意を決し、ゆっくりと顔を上下させた。口の中に溜まった唾液が熱杭に攪拌《かくはん》され、

ぶちゅぶちゅと卑猥《ひわい》に泡立った。

（あ、駄目……苦しい……）

頑張るつもりだったのに、すぐに音《ね》を上げそうになる。

反り返った屹立はイルゼの上顎を擦り、食道までをも刺激した。反射的な嘔吐《おうと》感が込み上げ、げほげほと噎《む》せてしまう。

「やめてもいいよ」

見かねたのか、フィエルが助け船を出すように言った。

「やっぱり娼館で働くなんて無理だって、君が認めるなら」

「……れきあす」

できます、と言ったつもりだが、ちゃんと言葉にならなかった。

これでお金がもらえるなら。

そのお金で母の命を救えるのなら、これくらいのことはなんでもない。

イルゼは頭を空っぽにし、口での奉仕を続けた。強く吸いついたまま首を振り立てると、じゅぽっ、ぶぽっ、と聞き苦しい音が立った。

「う……、そんな、吸ったら……っ……」

思わずといった様子で、フィエルがイルゼの頭を掴んだ。

押しやるのか引きつけるのかわからないように、掌に込められた力が迷っている。

イルゼは振り幅を大きくし、根本までを一気に咥えた。えずきそうになる衝動を湛え、雄茎《おすぐき》の付け根を唇できゅっと締めつけた。

「ん、それっ……イルゼ、駄目……だめ、だって……！」

フィエルの声が上擦り、イルゼの頭皮にぐっと爪がめり込んだ。

びくびくびくっ！　と口の中のものが震えた瞬間、彼はとうとう引き剥《は》がすようにイルゼの頭を押しやった。

「君は、本当に……こうと決めたら引かないんだね……」

フィエルは眉尻を下げ、息を乱した。

「娼婦になったら、このまま口に出されることだってあるんだよ。出したものを、飲めって言われることだって……ここまで聞いても、やめるとは言わないんだ？」

「はい」

フィエルは溜め息をつき、顔を背《そむ》けた。

黙り込まれてしまったイルゼは、自分の服のボタンに手をかけた。ワンピースも下着も脱いで、潔く全裸になる。

「続きを教えてください」

だいぶ暗くなったとはいえ、完全に日の落ち切らない部屋で裸になるのは、やっぱり居心地が悪かった。

相手がフィエルでも――すべてを晒したことのある彼でさえこうなのだから、見ず知らずの男を前にしたら、もっとだろう。

だからこそ今ここで、羞恥に慣れておく必要がある。

「ただ寝転がっていればいいわけじゃないと、フィエル様は言いましたよね。でしたら、どういうふうにするのが正解なんですか？」

「……それはまぁ、人によるけど」

ちらりと目線を寄越《よこ》し、フィエルは答えた。

「大体、客は二種類かな。女性に奉仕されたい男と、女性を征服したい男。前者なら上に乗って腰を振るか、後者なら獣の交尾みたいに後ろから受け入れるか」

「フィエル様はどちらですか？」

「さぁね。――でも」

フィエルはイルゼの背中を突きやるように押して、ベッドの上で四《よ》つん這《ば》いにさせた。

「今は、君の顔を見ながらできる気がしない」

「んぁっ……!?」

つぷっ――と出し抜けに入ってきたものは、フィエルの性器ではなく指だった。

すぐに抱かれるものかと思っていたから、やや拍子抜けしたものの、膣襞をぬちゅぬちゅと掻《か》き回され、呼吸が浅くなる。

「こんなふうに、慣らしてくれる客ばっかりじゃないから」

過酷な現実を突きつけつつも、フィエルの指遣いは乱暴ではなかった。

蜜洞《みつほら》を捏ねながら逆の手を前に回し、秘玉《ひぎょく》をやわやわと揉《も》み込《こ》んでくる。

「君が濡れてようが濡れてまいが、いきなり突っ込んで、好き勝手に腰を振る男だって……」

きっとフィエルの言うとおりなのだろう。

体を売るということは、女性としての尊厳を認められないことに等しい。

性的な奉仕を提供することと、人権を踏みにじられることはまったく違うと思うのだけど、女を金で買いにくるような男はそんなふうには考えない。

「本当にわかってるの？　イルゼがしようとしてることは、君を大切に思う人を悲しませる行為だって」

「……わかってます」

イルゼがこんなことをして稼いだお金だとわかれば、母はきっと手術を受けてくれない。

娘をそんな目に遭わせたなんてと絶望し、自ら命を絶ってしまうかもしれない。

「だから……母には、絶対秘密で……」

「君を大事に思ってるのは、お母さんだけじゃないよ」

フィエルは寂しそうに呟いた。

どこかに逃げた父のことを言われているのだと、イルゼは思った。

内部に突き立つ指が出入りを始め、粘膜の室《むろ》を拡《ひろ》げていく。入口から奥までをぐちゅぐちゅされて、イルゼの吐息が色めいていく。

一本だった指が二本に増やされ、恥骨《ちこつ》の裏をぐりっと抉《えぐ》った。

「あぁぁっ……！」

「気持ちいい？」

中を素早く擦られながら、外側の突起を押し回されると、イルゼの腰は勝手に揺れた。

快感の板挟みになって、四肢《しし》ががくがくと震える。フィエルに容赦なく弱点を嬲《なぶ》られ、とうとう高い声をあげて達してしまう。

「や、あ、ぁあああああっ――……！」

「……達《い》っちゃった？」

ベッドに突っ伏し、息も絶え絶えになるイルゼを眺めて、フィエルは憐《あわ》れむように囁いた。

「感じやすい女の子は喜ばれるけど。商売にする以上、そんなに簡単に達ってたら体がもたないよ」

フィエルは蜜壺からちゅぽんと指を抜き、イルゼの両手を尻たぶに回させた。

「休んでる暇なんてないから。――ここ、君の手で開いて」

「……え……？」

「客を視覚で愉《たの》しませるのも大事だから。お尻を高く上げて、どこに入れてほしいのか、しっ

かり開いて見せつけて」

イルゼは黙ったまま唇を噛《か》んだ。

フィエルの指導は具体的で、それをさせる意図も明確だ。

激しい羞恥に頭が焼けつきそうだが、自分からも『教えてください』と言った以上、後には引けない。

「こうですか……？」

イルゼは自らの手で、おずおずと尻肉を左右に分けた。

くぱりと開いた中心で、濡れそぼった蜜口ばかりか、恥ずかしい後ろの蕾《つぼみ》まで晒してしまっていることは、考えないようにした。

が。

「よく見えるよ。可愛く窄《すぼ》んだこっちの孔《あな》も」

「ひきゃんっ⁉」

考えまいと決めた端から、蜜に濡れた指で周囲をなぞられ、変な声が洩れてしまう。

「ここを使うやり方もあるんだけど、イルゼは知ってる？」

「し……知りません、そんな……」

そんなことまで覚えなければいけないのかと思えば、さすがに冷や汗が出た。

怯えるイルゼをからかうように、フィエルの指は禁断の孔をつんつんとつつき続けている。

「どうする？　客がこっちに入れさせろって言ってきたら」

「それは……やっぱり、仕事ですから……」

受け入れるしかないと諦めるイルゼに、

「駄目だよ」

とフィエルは強い口調で言った。

「何をどこまで許すのかは、君が決めるんだ。店側とも条件をすり合わせて、違反行為をした客は出入り禁止にしてもらうよう交渉して」

「……できるんですか？　そんなこと」

「やらないと、あっという間に体がぼろぼろになるよ。それでもしつこく迫ってくる客だったら、とにかく気を逸《そ》らさせる」

「気を？」

「今みたいな場合だったら……客のこれを、こう掴んで」

イルゼの手を導き、フィエルは己の剛直を握らせた。

扇情的な姿勢が功を奏したのか、そこは鋼《はがね》のようにがちがちの芯が通っていた。

「これを、前のほうに引き寄せて。その気にさせる誘い文句を吐いて、こっちに入れてってねだってみて」

「誘い文句というのは……」

「そうだね。──たとえば、こんなのはどう？」

耳元でぼそっと囁かれた言葉に、イルゼの顔から火が出そうになった。

「そ、そんな卑猥な……っ」

「卑猥だからいいんだろ。ほら、俺の言ったとおりに繰り返して」

今日は一体、どれだけ恥を捨てればいいのだろう。

イルゼはやけになり、大きく息を吸った。思い切って口にしようとしたところ、

「こら」

と咎《とが》められる。

「とにかく言えばいいってもんじゃないから。ちゃんとこっち向いて。客の興奮を煽るつもりで、可愛く、色っぽく」

可愛さも色っぽさも母親の腹の中に忘れてきた自分に、なんという無理難題か。

イルゼは仕方なく背後を振り仰ぎ、喉に詰まる声を絞り出した。

「『お客さんの……硬くて太い、素敵なこれを──』」

屈辱的というよりも、こんな自分が可愛い子ぶっている滑稽さと情けなさに、鼻の奥がつんとした。

「『私のぐしょ濡れでいやらしい場所に、奥までぶち込んでください』……っ」

「いいね──その涙目、むらっとくる」

フィエルがにんまり笑い、次の瞬間、剛直がぐぷんっ！　と割り入ってきた。

「ぁあああっ……！」

初夜のとき以来の重圧に、呼吸が止まりそうになる。

狭い場所を掻き分け掻き分け、奥まで腰を進めたフィエルが、背中に覆《おお》いかぶさってきた。

「俺の形、もう忘れちゃった？　こっちの血が止まりそうなくらいきつきつだけど、しっかり拡げてあげるからね」

「っ、あ！　やだ、動いちゃ……っ」

ずるりと抜かれる動きに、内臓ごと掻き出されそうな恐怖を覚える。

間を置かずぱんっ！　と打擲音《ちょうちゃくおん》が立ち、フィエルの腰骨が勢いよく臀部《でんぶ》にぶつかった。

「ぁ、やぁ……ああっ、だめ……！」

「嘘つかないで。ちょっと擦っただけで、もうこんなに絡みついてきてるのに」

「あ、あ、ひっ……ぁあーっ……」

泥濘《ぬかるみ》と化した蜜壺に出入りする肉芯が、ばちゅばちゅと濡れた音を立てた。

後ろからの抽挿《ちゅうそう》に全身が痺れ、四つん這いの姿勢が崩れかけるたび、フィエルはイルゼの腰を引きずり上げて、硬い熱杭を打ち込んだ。

「さっきの質問に答えてあげるよ」

「な、んの……っ？」

「娼館の女主人に訊かれただろう？　人前じゃ到底答えられないイルゼの秘密」

快感に揉まれて朦朧としながら、イルゼはあけすけな女主人の問いを思い出す。

『感度はいいのかね？　よく濡れるほうかい？　あそこが黒ずんでたり、乳輪が大きすぎると客がつきにくいんだけど、そこんところは？』


「イルゼの感度は抜群だよ」

フィエルは結合部をまさぐり、愛液で濡れた掌をイルゼの目の前に突きつけた。

「しかもこんなに濡れやすい。そのうち潮も噴けるんじゃないかな」

「しお……？」

「次の機会があれば、体験させてあげたいけど。……どうだろうね」

フィエルは独りごち、

「それから」

と質問への答えを続けた。

「イルゼの女の子の部分は、すごく綺麗だ。熟れた桃を割ったみたいに美味《おい》しそうで、むしゃぶりつきたくなる。――最後に、ここだけど」

「やっ……！」

揺れる乳房を両手で掴まれ、むにゅっと揉まれて身がすくむ。

白い肌と薄い小豆《あずき》色の乳輪の境目を、フィエルの指先がくるくると撫でた。

「大きすぎず小さすぎずで可愛いよ。乳首もすぐに硬くなるし、こうして弄《いじ》ってあげると、あそこをきゅうきゅう締めて悦《よろこ》んでくれるし」

「ふぁあっ……！」

しこった頂を左右ともにひねられて、喜悦がびりびりと下肢に響いた。

フィエルの言うとおりに膣襞が収縮し、まだ放たれてもいない子種を運ぶように、奥へ奥へと蠕動《ぜんどう》する。

「ん……そんなに絞られると、こっちも……」

「やっ……嘘、大きっ……!?」

フィエルの分身が膨らんだのか、イルゼの膣内が狭《せば》まったのか、あるいはその両方か。

ぶわりと質量を増したように感じるものが、膣内を猛然と行き来した。奥をごりごりと穿《うが》たれるごとに、あられもない声が迸《ほとばし》る。

「きゃう、ああ、や、はぁあんっ……！」

これではリアーノのことをどうこう言えないと思った瞬間、アパートの壁の薄さを思い出し、とっさに両手で口を塞いだ。

それだけでは快感を堪えきれず、歯を立てる痛みで相殺《そうさい》しようとする。

「ん、んっ……ぅく……んーっ……」

「どうして声出さないの？　聞かせてよ。興奮するのに」

「だめ……外に……っ」

「誰かに聞かれるのを気にしてる？　――確かに、イルゼが近所の男からいやらしい目で見られるのは避けたほうがいいか」

フィエルはイルゼの手を引き剥がし、代わりに自分の掌で口元を塞いだ。

「噛むなら俺の手を噛んで」

「らんれ……」

「君の手は料理を運ばなきゃいけないし、芝居の衣装を縫わなきゃいけない大事な手だから」

イルゼは大きく瞬きした。

娼館で働くことになったら、昼間の食堂の仕事はともかく、劇場のほうはやめなければいけないだろうと思っていた。

なのにフィエルは、大事な手を守れと言ってくる。

それはどういう意味なのか――。

「んぅうっ……！」

フィエルが律動を速め、彼の下生《したば》えがざりざりと秘玉《ひぎょく》に擦れた。思うままに声をあげることが叶《かな》わない分だけ、快感が体の内側で暴れ狂う。

「いい、よっ……イルゼの中、とろとろで、すごく熱くて……っ」

フィエルが雄茎をがんがんと打ち込み、快楽を浴びせかけてくる。

愛液の分泌《ぶんぴつ》はいっこうに止まらず、恥毛《ちもう》も内腿もびっしょりで、粗相をしてしまったかのようだった。

「う、ふぅうーっ……」

蕩《とろ》けた媚壁《びへき》を掻き分け、ぐちゃぐちゃと捏《こ》ね回す肉の楔《くさび》。

その先がぐぐっと膨らむのを感じるなり、逃がすものかとばかりに子宮口がちゅうちゅうと吸いついた。

（あ……来る……すごく気持ちいいのが、また――……）

遠吠《とおぼ》えをする獣のように喉を反らし、両手両足を突っ張らせる。

鮮烈な喜悦が弾ける瞬間、イルゼは我を忘れて、口を塞ぐ男の手に噛みついた。

「いっ……――！」

フィエルが痛みに呻《うめ》くが、それも一瞬のこと。

甘やかな絶頂にうねり、精子を流し込めと誘う蜜壺の動きに、ぶるるっと大きな胴震いが伝わった。

「っ、も……駄目だ……出る――っ……！」

じゅぽんっ、と寸前で引き抜かれたものが、高まる欲望を弾けさせた。

噴き上がった白濁は放物線を描き、ベッドに崩れ落ちたイルゼの尻や背に降りかかる。

あれを中に出されてはいけないのだ――とイルゼはそこで気づいた。

夫婦ではない男女に、商売上の交わりで子供ができては厄介なことになってしまう。

（ちゃんと覚えて、おかなく、ちゃ……――）

頭の芯がじぃんと痺れて、深い脱力感がやってくる。

肌を打つ体液の熱さと青臭さを感じながら、二度目の絶頂に攫《さら》われたイルゼは、ふっつりと意識を手離した。

◆◆◆

ピチチチ……――と愛らしい小鳥の囀《さえず》りが聞こえる。

その声に耳をくすぐられ、イルゼは寝返りを打った。

日当たりのよくない部屋ではあるが、夜と朝の明暗差くらいは、目を閉じていてもさすがにわかる。

（今、何時……？）

鉛《なまり》の詰まったような頭を緩慢にもたげ、もつれた髪を掻き乱したところで、掛け布の下の体が裸であることに気づいた。

動転したイルゼは、一瞬にして昨日のことを思い出す。

母の手術が必要だと聞かされて、病院を出たところでフィエルに会って。

娼館で働くつもりだったのを邪魔されて、そこまで言うならと、体を売るための手解《てほど》きを受けて――……。

（フィエル様は？）

掛け布を巻きつけて身を起こし、イルゼは周囲を見回した。

わざわざ探そうとしなくても、狭い部屋に身を潜められるような場所などなく、彼がいないことはひと目でわかった。

（帰ったんだ……）

ほっとしたような、どことなく寒々しいような気持ちだった。

改めて全身を確認すれば、浴びせられた欲望の名残《なごり》は綺麗に拭《ぬぐ》われていた。さんざん貫かれた脚の付け根と、乳房の先が少しひりひりする。

とりあえず服を着ようとしたとき、手の先に何かに触れて、かさっと音が鳴った。

「えっ……!?」

思わず驚愕《きょうがく》の声をあげてしまう。

枕元に重ねて置かれていたのは、この国の最高額の紙幣だった。

名君として知られた三代前の国王の顔が印刷されており、一枚が百スロン。それが――。

「一、二、三……――十枚も？」

数える手が震えてしまう。

こんな大金を手にしたのは、実家にいた頃も含めて初めてだ。

紙幣の一番下に、ひとまわり小さな紙があった。チラシの裏紙《うらがみ》を切った、イルゼお手製のメモ用紙だ。

（これって、フィエル様の字？）

書かれた文章に、イルゼは目を通した。

『　イルゼへ

昨日の君の仕事は素晴らしかった。

対価として、このお金を手術代に充《あ》ててほしい。

娼館で働くのは、ひとまず保留にするように。

忠告を無視した場合、君のお母さんにありのままを話すからそのつもりで。

フィエル　』

「脅迫ですよね、これ!?」

とっさに宙に向かって叫んでしまう。

身売りすることを、母には決して知られたくないと話した。それを逆手にとって、フィエルはイルゼの行動を封じにきたのだ。

ただやめろと言うだけではなく、身銭《みぜに》を切って手術費用まで用意して。

フィエルにとってはなんの得もないどころか、明らかに損をしているのに。

「非合理だわ……意味がわからない……」

こめかみを押さえて唸《うな》ったが、どうしても納得できる理由が見つからない。

ただひとつ、確かなことは。

（――このお金があれば、お母様は助かる）

イルゼは葛藤し、ぎゅっと目を閉じた。

元夫というだけの他人にこんな形で助けられることは、まったく本意ではないけれど。

こうして意地を張っている間に、母の容体は取り返しがつかなくなるかもしれない。もしもそうなれば、自分はきっと後悔する。

「……絶対に返します」

イルゼはお金を前に、強く誓った。

ここにはいない人に、初めて素直な気持ちで告げる。

「ありがとう、フィエル様――……」

一人でなんとかしなければと気を張り続けていたせいか、目頭《めがしら》がじわりと熱くなった。

それを素早く拭《ぬぐ》い、イルゼは立ち上がった。

今すぐ病院に向かって、主治医に手術のお願いをして――それから。

(今日もしっかり働かないと)

自分を待ってくれる人たちがいる食堂と、劇場と。

今となっては、どちらも大切な居場所となった職場をやめずにすむことに、イルゼは心から安堵《あんど》した。

第四章　没落令嬢はひそかな夢を叶えたい

「そうかい。イルゼちゃんのお母さん、容体は安定したのかい」

「本当によかったねぇ。あたしたちもほっとしたよ」

開店前の『小鳩亭』に、主人夫妻の朗《ほが》らかな声が響く。

厨房で仕込みをする彼らに、客席のテーブルを拭きながらイルゼは礼を言った。

「お気遣いありがとうございます。その節はお休みをいただいて申し訳ありませんでした」

イルゼの母が手術を受けてから、二週間が経《た》っていた。

幸い無事に成功し、術後の経過も順調だ。体調の回復につれて気持ちも上向いたのか、

『私なんてどうせ厄介者なんだから』

などという自虐的な発言が減ったのが何より嬉しい。

「いや、困ったときはお互い様だよ」

「それにしても、手術費用を貸してくれるなんて、やっぱりフィエル様はいい人だね。あたしたちなんかより、フィエル様にちゃんとお礼は言えたのかい？」

女将の問いにイルゼは口ごもった。

「……それが、あれから会えてなくて」

あれからとは、フィエルが部屋にお金を置いて去った日以来ということだ。

てっきりその日、『小鳩亭』に出勤すれば、彼と会えると思っていた。

そのときに改めて礼を言おうと思っていたのに、何故かフィエルは現れなかった。夜の職場である劇場のほうにもだ。

彼も彼で、何かの予定があったのかもしれない。考えてみれば、今まで一日も欠かさず、イルゼの周囲に出没していたことのほうがおかしいのだ。

そうは思うものの、翌日以降もフィエルの顔を見ない日々が続くと、次第に落ち着かなくなってきた。

急な病気や怪我《けが》にでも見舞われているのではと思うと、自然とそわそわもした。

『フィエル様と喧嘩でもしたの？』

サヴィには心配そうに訊かれたが、違うと答えることしかできなかった。

これが『何かあったのか』と尋ねられたならば、『あった』とは言える。

別れた夫と再び肉体関係を持ったことは、イルゼにとって大いなる事件だった。

けれど、あれをきっかけにフィエルが自分から遠ざかったということは。

(避けられてる……というより、飽きられた？)

イルゼに付き纏うこと自体に、彼は飽きてしまったのかもしれない。

もともと気まぐれな行動だったのだから、いずれ熱が冷めるのは必然だ。

（……それならそれでいいじゃない。私も落ち着いて仕事に専念できるし）

職場に知り合いが来られると、気が散って困る。

イルゼはずっとそう思っていたし、暇を持て余した彼の道楽に付き合わされるのは勘弁だとも思っていた。

なのに、実際にフィエルがいなくなると調子が狂う。

食堂で忙しく働きながらも、視界の端に目立つ赤毛を探してしまう。劇場の仕事を終え、一人でアパートに帰る夜道は、これまでよりやたらと長く感じた。

（寂しい？　――ううん、まさか）

イルゼは小さく首を横に振った。

そんなことを気にするより、自分にはやるべきことがある。

難しい手術を乗り越えたとはいえ、母にはまだ入院が必要だ。父の借金だって残っているし、この先もお金の工面を続けなければ。

「テーブルは拭き終わりましたので、そっちを手伝いましょうか？」

厨房に回り込むと、芋の皮剥《かわむ》きをしていた主人が顔をあげた。

「じゃあお願いしようかな」

「任せてください」

イルゼは手を洗い、主人の隣に並んで芋の皮を剥き始めた。最初は包丁を持つのも覚束なかったが、今はそれなりに手慣れたものだ。

「今日は乱切りじゃなく、千切りで頼むよ。ポテトガレットにするつもりだから」

「はい」

「ゆっくりでいいから、手を切らないようにな」

温かく見守ってくれていた主人が、ふとイルゼの手に目を留めた。

右手の中指の第一関節が、ぷっくりと硬そうに腫れている。

「その指はどうしたんだ？」

「え？　ああ――ペンだこです」

「ペンだこ？」

「最近、書き物をすることが多くて」

「それも新しい仕事かい？」

「……そんなようなものです」

イルゼは曖昧に誤魔化し、千切りを続けた。それで会話を切り上げるつもりだったのに、今度は女将が顔を覗き込んでくる。

「なんだか顔色が悪いねぇ。目の下にクマもできてるよ」

「ええと、ちょっと寝不足で……」

「内職でも始めたのかい？　あんまり無理するんじゃないよ」

「わかりました。気をつけます」

そう言った手前、イルゼは込み上がる欠伸《あくび》を噛《か》み殺した。実は昨夜も二時間しか寝ていないのだが、夫妻に心配をかけたくなかった。

やがて開店時間になり、店には今日も大勢の客がやってくる。

「イルゼちゃん、こいつを一番テーブルに！」

「七番テーブルを片付けて、次のお客さんを案内して！」

がやがやする店内で、主人も女将も大きな声を張り上げる。

いつものように立ち働きながら、イルゼは頭の芯に鈍痛を感じていた。

気にするまいとしていたが、やがて無視できないほど、血管がずきずきと脈打ち始める。

（これは、まずいかも……）

きっと寝不足が祟《たた》ったのだ。昨夜だけでなく、一昨日もさらにその前も、仮眠程度にしか眠っていないのだから当然だ。

けれど、今ここで休ませてほしいとはとても言えない。

体調管理は自分の責任である以上、店に迷惑をかけられない。

歯を食いしばり、新しく席についた客に水を運ぼうとしたときだった。

目の前がふいに暗くなり、平衡感覚が失われた。

――ガシャン！

落ちたグラスが割れる音に、イルゼは我に返った。

店内が静まり返り、水浸しの床に倒れたイルゼに、客たちの視線が突き刺さる。

立ちくらみを起こして転んだのだと気づくと同時に、頭上から怒声が降ってきた。

「何すんだ、ズボンが濡れちまったじゃねぇか！」

怒鳴りつけてきたのは、イルゼが水を出そうとしていた中年の男性客だった。

確か、ジャンという名前の印刷工だ。常連の一人だが気が荒く、何かというと悪態をつきまくる厄介な客でもある。

「申し訳ありませ……」

身を起こしかけた拍子に、また目の前がくらりとした。

うずくまるイルゼの肩を、ジャンは躊躇《ためら》いなく足蹴《あしげ》にした。どがっ！　と衝撃が走り、腕の付け根を押さえて呻いてしまう。

「ちょっと、何するんだい⁉」

女将が血相を変えて飛んできた。イルゼとジャンの間に割って入り、勇ましく対峙《たいじ》する。

「うちの店で暴力は許さないよ、出ておいき！」

「はぁ？　俺は客だぞ！　もとはと言えば、その小娘が悪いんだろうが！」

「いくら失敗があったにしろ、うちの子を傷つける人間を客とは呼ばないよ。大体、あんたは前から注文ついでにイルゼのお尻を撫でたり、いやらしい冗談を言ったりしてたね？　いい加減、頭に来てたんだよ！」

一歩も引かずにまくし立てる女将を、イルゼは呆然《ぼうぜん》と見上げた。

相手は客だし、多少のことは我慢しなければと黙っていたが——気づいてくれていたのか。

見れば、厨房から出てきた主人が、怒りの表情で金属の肉叩きを構えている。周りの客もこぞって、ジャンに冷ややかな目を向けていた。

「くそっ、覚えてろ！　二度と来るかよ、こんな店！」

自分の不利を悟ったジャンは、床に唾を吐いて出ていった。

顔をしかめた女将が、しゃがみ込んでイルゼを抱きしめた。

「ごめんね。あの客はなるべく、あたしが相手するようにしてたんだけど。今日は忙しさにかまけて気づかなかったよ」

「いえ……私がいけないんです」

イルゼは唇を噛み締めた。

自分のせいで店の雰囲気を悪くしてしまった上に、常連客を一人失った。

なのに、女将はイルゼを責めるどころか、こうして慰めてくれる。

「もう大丈夫です。——皆さんも、お騒がせして申し訳ありませんでした」

立ち上がったイルゼは、周囲の客に頭を下げた。

「気にすんなよ、イルゼちゃん」

「女の子を蹴るなんて最低の野郎だ。女将が追い出してくれてすっきりしたぜ」

「残念だよ。俺が叩《たた》き出《だ》してやるつもりだったんだが、先を越されちまってさ」

「お前はいつも口だけだろ？　肝っ玉の小さいびびりのくせに」

「なんだとぉ？　やるかぁ？」

交わされる軽口に笑いが起こり、強張《こわば》っていた空気が解《ほぐ》れていく。

周囲に合わせて笑おうとするも、イルゼの表情は引き攣ったままだった。

ばつの悪さと自己嫌悪が胸を塞いで、息が上手く吸えなかった。

◆◆◆

サヴィが足音も高く衣裳《いしょう》部屋を訪れたのは、その日の終演後のことだった。

「ちょっといい、イルゼ？　聞いて！」

「どうしたの？」

翌日の作業に備えて端布《はぎれ》の整理をしていたイルゼは、サヴィの剣幕に圧倒された。

あと少しで帰るつもりだったのだが、何かあったらしい彼女を追い返すわけにもいかず、余

っていた椅子を勧める。

男のようにどっかと脚を開いて座ったサヴィは、憤懣やるかたなしといった様子でまくしたてた。

「さっき、イルゼも楽屋に来たよね？　シリンたちがちやほやしてたどこかの貴族と、連れの女は見た？」

「見たけど」

例によって、役者が脱いだ衣装の確認に立ち寄ったときだ。

彼らのためにわざわざ運び込んだらしい大道具用の長椅子に、悠々と座っていた男女。

男はでっぷり太った初老の紳士で、娘といってもいい年頃の女を連れていた。

襟ぐりの深いドレスを着て、ふくよかな胸を半分以上も露出した金髪美女は、紳士の膝に乗り上げて、きゃらきゃらと品のない笑い声を立てていた。

「あの顔はベナール伯爵よね。連れてらしたのは奥様じゃないはずだけど」

イルゼも一応、元子爵令嬢だ。

社交は苦手だったので、たまに顔を出す程度だったが、いつかの夜会で見かけた覚えがある。

そのとき同伴していた老婦人と、あの若い美女は似ても似つかない。

「愛人だよ。お金で囲ってる愛人！　決まってるだろ！」

どうしてサヴィが憤慨しているのか、イルゼはまだわからなかった。

地位と財力のある男性が愛人を持つのはよくあることだし、サヴィだってそこまで潔癖ではないはずだ。

「ベナール伯爵は、劇団《うち》のパトロン候補なんだよ」

「パトロン……『群青』の出資者になるってこと？」

「そう。芝居を打つためには、たくさんのお金がいるからね。うちは最近赤字が続いてて、このままじゃ早々に立ち行かなくなりそうなんだ」

「毎晩、あんなにお客さんが入ってるのに？」

「この劇場は王都の一等地にあるから、場所代だけでも相当だよ。おまけに、シリンがやたらと大道具や小道具の質にこだわるから、予算がいくらあっても足りなくて」

その問題はイルゼも感じていた。

舞台上に置かれる調度品は遠目にも重厚なアンティーク家具で、役者のかぶる王冠は本物の宝石がついたもの。

衣装の素材には上質の絹を使うように言われているし、細部まで高級感を追求した舞台は、『群青』の魅力のひとつでもあるのだが。

「実は……公演が終わると毎回、その小道具がいくつかなくなってるんだ。ルビーの指輪とか、ダイヤのイヤリングとか。外部から泥棒が入ったってことにされてるし、道具係の管理が行き届いてないからだって、シリンは皆の前で責めるけど」

サヴィはそこで周囲を窺い、イルゼの耳元に口を寄せた。

囁かれた内容に、イルゼはぎょっとして目を丸くした。

「──シリンが小道具を盗んで、売り払った分のお金を着服してる⁉」

「しっ、声が大きい！」

「ご、ごめんなさい……」

慌てて口を塞いだものの、動揺がおさまらない。

大勢の役者や裏方をまとめるシリンは、それなりに人望があるのだろうと思っていた。

けれどサヴィの話では、道具係に責を負わせる代わりに、不正に得た金の一部を渡す裏取り引きが成されているという。

「それじゃ横領と同じじゃない。本当なら皆に話さないと」

「無駄だよ」

イルゼの言葉に、サヴィは肩を落とした。

「皆、薄々気づいてる。でも、配役はシリンの胸先三寸次第だから。少しでもいい役をつけてもらいたくて、誰も何も言えないんだ。悔しいけどこの世界は、演出家に逆らったら終わりだからね」

「そんなのおかしいわ！」

「……ありがとう。一緒に怒ってくれて」

力なく微笑まれ、イルゼは言葉を呑んだ。

芝居を続けたいがゆえに不正を見過ごし、理不尽をも受け入れる。

そんな日和見《ひよりみ》な自分を、サヴィ自身が誰より嫌悪し、傷ついているとわかったからだ。

「それでも私は、シリンの芝居に対する熱意だけは本物だって信じてた。人間性はクズでも、芸術家としての彼の才能を信じてついてきたんだ。だけど、いくら劇団存続のためでも、ベナール伯爵をパトロンに迎えようとするのだけは許せない」

サヴィは奥歯を強く噛み締めた。

「ベナール伯爵の出資の条件は、あの愛人を主役にした芝居を作ることなんだ。絶世の美女って設定のヒロインが、男たちからモテにモテて、誰も傷つけたくない……って苦悩した挙句に自殺する、ただそれだけの芝居」

「え、あの女の人って女優なの？」

「まったくの素人だよ。大根も大根！　台詞は棒読みも棒読み！」

サヴィは絶望的に訴えた。

このところ、貴族の間ではにわかに演劇ブームが起きている。

有名な劇団のパトロンとなり、優《すぐ》れた芝居を打たせて評判になることは、社交界での足場固めにも繋がるという。

ベナール伯爵はそれを狙って、『群青』に目をつけた。

そこに目立ちたがりの愛人がしゃしゃり出て、劇団のパトロンになるなら自分を主役にさせろとねだり、伯爵もふたつ返事で了承したというわけだ。

「その話はもう決定しちゃったの？」

「わからない。シリンはその気だけど、ベナール伯爵は他の劇団も回って、検討してる最中らしいから」

「じゃあ、うまく流れるといいわね」

「そうだね。……でもさ」

サヴィは疲れきったような溜め息をついた。

「もし流れたとして、今までと同じようにここでやっていけるかな。私の一番好きなことも、一生を賭けたいことも芝居なのに……信頼できる人と一緒にできないのは、やっぱりきついってわかった」

イルゼは黙ってサヴィの肩をさすった。

彼女がどれだけ純粋に芝居を愛しているかを知っているから、閉塞感と失望が伝わってきてやりきれなかった。

「ごめん。イルゼ」

サヴィは弱々しく言った。

「いつもここで愚痴ばっかり聞かせて。今はイルゼだって大変なときなのに」

「私が？」

「フィエル様に会えなくて元気ないでしょ」

フィエルの名を出され、イルゼはぎくりとした。

「そんなふうに見える？」

否定すると余計に突っ込まれそうで、こちらから尋ね返す。

「自覚ないの？　最近顔色も悪いし、ちゃんと眠れてないんじゃない？」

「それは単に、やることがあって寝不足だからで」

「やることって？」

（しまった。――藪蛇《やぶへび》だった）

後悔したものの、イルゼはふと思い直した。

サヴィは愚痴ばかりだと言ったが、決してそんなことはない。

芝居に対する情熱や、いつかこんな役を演じてみたいという夢を、何度もいきいきと語ってくれた。

そんなサヴィが眩しくて、イルゼも背中を押された。

彼女になら、本当のことを打ち明けてみてもいいのではないかと、急に思えたのだ。

「恥ずかしいから秘密にしてくれる？　実はね……」

さっきと逆に、今度はイルゼがサヴィの耳元に囁く。

それを聞くなり、サヴィは「ええっ⁉」と驚いた声をあげた。

「ほんとに？　すごいね。イルゼが小説を書いてるなんて！」

「声が大きいわ……！」

イルゼはとっさにサヴィの口を塞いだ。窘《たしな》める流れまで、やはりさっきとは反対だ。

「ほ、ほめんほめん……」

謝るサヴィから手を放すと、彼女は矢継ぎ早に尋ねた。

「いつから？　ずっと前から書いてるの？　そういえば、本を読むのが趣味だって言ってたね。それが高じて書き始めたってこと？」

「うん……でも、ただの下手の横好きで。いろいろ思いついて書き出してはみるんだけど、ちゃんと終わらせた作品はひとつもなくて」

作家志望者にはよくある話だ。

頭の中で空想しているうちは素晴らしい傑作に思えるのだが、実際に文章にしてみると、語彙力の乏しさや凡庸な心理描写にげんなりして筆を置いてしまう。

イルゼの場合、なまじ読書家だから余計にだ。眼高手低《がんこうしゅてい》というやつだ。

「でも、今度は絶対に完成させようと思ってるの」

そのために睡眠時間を削り、毎晩ノートに物語を書き綴《つづ》っている。

仕事の休憩時間に一行でも進められるよう、ノートと万年筆は常に手提げ鞄《かばん》に入れていた。

「やっと本気になったんだね。いいことだと思うけど、どうして？」

「お金のためよ」

「……へ？」

身も蓋もない答えに、サヴィは呆気にとられたようだった。

そもそも一人暮らしを始めてから、イルゼの読書量はずいぶん減っていたし、創作ノートを開くこともなかった。毎日忙しくてくたくたで、趣味に費やす時間があるなら、少しでも長く寝たかった。

全力で夢を追うサヴィやリアーノと比べて、しょせん、自分の熱意などその程度のものなのだ——と、自嘲するように思ったりもした。

実際、物書きの才能があるなどと、自惚《うぬぼ》れたことは一度もない。

本物の天才ならば、湧き出る泉のように文章が溢れて、気づけば名作が誕生しているものだろう。

それでも、凡人なりにあがいてみようと思った理由は。

「雑誌の懸賞小説に応募するつもりなの。受賞したら賞金が入るし、継続して本が出せるようになれば、女一人でも生きていけるかもしれないから」

母の手術騒動があって、つくづく思った。

今の生活では、不測の事態が起きたときに、まとまったお金を工面できない。

父の借金も残っているし、利息を返すだけで一生が終わってしまう。

一旦は体を売ろうと決意したが、それだって若いうちしかできない仕事だ。この八方塞がりな状況を打破すべく、思い切った変化が必要なのだ。

ではどうしようと考えたとき、図書館で借りた小説雑誌の巻末に、原稿募集のページがあったことを思い出した。

（女性が楽しめる恋愛小説で、賞金は千スロン。締め切りは――一ヶ月後）

応募要項に書かれた条件を、イルゼは食い入るように見つめた。

これまでのイルゼなら、「文才もないのに、こんな勝率の悪い賭け」と苦笑して雑誌を閉じてしまっていただろう。

けれど、一度だけ。

一度だけ、本気で挑戦するなら今しかない気がした。

長年の夢を叶えたいという甘ったるい動機だけでは、踏み出せなかっただろうけれど。

お金のためという現実的な理由を加味すれば、不思議と筆が進んだ。自分に必要だったのは、「これを逃《のが》せば後がない」という不退転《ふたいてん》の覚悟だったのだ。

「その小説ってどんな話？　ちょっとだけでも聞かせてよ」

女優という職業柄、サヴィは物語の内容が気になるようだった。

身を乗り出す彼女に、イルゼはぼそぼそと告げた。

「濡《ぬ》れ衣《ぎぬ》の罪で国を追放された騎士が、継母に殺されかけた他国の王女と出会って、恋する話——なんだけど」

「何それ、面白そう。完成したら絶対読ませてよ！」

「わかった」

イルゼは頷いた。

面白そうというのはお世辞かもしれないが、読者が一人でも待っていてくれるなら、頑張って書き上げようと思えた。

「小説を書いてるってこと、聞かせてもらったのは私が初めて？　だったら光栄だな」

イルゼは「ううん」と首を横に振った。

水を差すようで悪いとは思ったが、こういうときに嘘をつけないのがイルゼだった。

「たまたま会った男の人に、流れで話したことがあって。この話、ちょっと長いんだけど……聞く？」

「聞く聞く！」

「じゃあ——」

さっきまでの落ち込みが嘘のようなサヴィに向けて、イルゼはおもむろに口を開いた。

◆◆◆

サヴィと別れたのち、アパートまでの帰り道をイルゼは足早に歩いた。

最近は寒さがいっそう深まり、冷えた空気を吸った肺がひりひりする。手袋と襟巻はあるが、いい加減にちゃんとした外套《がいとう》も必要だ。

(新しいものは買えないから、明日あたり、どこかの古着屋で探してみよう)

算段をつけた端から、びょうっと強い風が吹いた。

一刻も早く部屋に帰りたくて、石畳にぶつかる靴音が速くなった。

その音が二重になったことに気づいたのは、いつもどおり、水路沿いの道に差し掛かったときだった。

(……誰か来る?)

自分のそれよりも重い足音が、背後から近づいてくる。——イルゼに向けて、次第に距離を詰めてきている。

振り返って確かめたくなる衝動を、イルゼはどうにか堪えた。

たまたま進む方向が同じなだけだ。自分は誰かに狙われるような美貌の女ではないのだから、尾《つ》けられていると考えるなんて自意識過剰だ。

(でも、もしかしたら……)

考えすぎだとしても、怖いものは怖い。

よりにもよって少し先、等間隔で並ぶ街灯のひとつが切れていた。

あの下に入ってしまったら、一瞬とはいえ真っ暗になりそうだ。

他に回り道はないし、引き返すこともできない。

周囲の闇が濃さを増した途端、本能的な危機感に従い、イルゼはだっと駆け出した。

自分の荒い呼吸が耳を打ち、もうひとつの足音がどうなったのかもわからなかった。

だから。

「っ……!?」

肩を摑んだ手は、何もない空間からにゅっと生えてきたかのようだった。

イルゼは振り向きざま、相手の顔を手提げ鞄ではたこうとした。勢い余って持ち手がすっぽ抜け、鞄は明後日《あさって》の方向に飛んでしまう。

ばしゃんっと、水路のほうで音が立った。

瞬間、謎の人物のことも我が身の危険も、イルゼの頭から掻き消えた。

あの鞄には大事なノートが入っている。

イルゼがここ半月以上、毎日こつこつと書き溜めてきた小説のノートが。

(拾わなきゃ……!)

水路に飛び込もうとしたイルゼの体は、横から抱きすくめられた。

「なんで無視すんだよ、イルゼちゃん」

粘ついた声が降ってきて、イルゼは身を硬くした。

頬ずりせんばかりに顔を近づけ、野卑《やひ》な笑みを浮かべているのは、昼間に『小鳩亭』で絡んできた例の印刷工だった。

「……ジャンさん」

「おっと、名前を知っててくれたのか？　嬉しいねぇ」

別に親しみの証ではない。常連客の顔と名前は頭に叩《たた》き込《こ》まれているだけだ。

にやにやするジャンに、イルゼは真顔で尋ねた。

「私を尾《つ》けてきたんですか？」

正確には、「待ち伏せした上で尾けてきたのか？」だ。

イルゼが劇場でも働いていることは、常連であれば知っている。芝居の集客に協力するため、『小鳩亭』で公演チラシを配らせてもらったこともあるからだ。

「昼間はかっとなって悪かったな。けど、俺も鬼じゃねぇ。あんたがちゃんと詫びを入れてくれりゃあ、許してやってもいいと思って待ってたんだよ」

「……申し訳ありませんでした」

イルゼは神妙に謝った。

自分の落ち度で迷惑をかけてしまったこと自体は、本当に悪いと思っていた。

「後日、改めてお詫びに伺います。差し支えなければ、ご自宅の場所を教えてください」

「俺の家？　それもいいが、うちには風呂がないからな。あんただって、そういうことになる前には体を綺麗にしたいだろ？」

「……お風呂？」

何故、謝罪をするのに風呂の有無が関係するのか。

「まぁ、今夜のところは俺について来な。よく使う宿があるんだよ。行くのはいつも、年増《としま》の商売女とばっかりだけどな」

歩き出そうとするジャンに肩を抱かれ、イルゼはようやく察した。

彼が求めているのは、謝罪の言葉ではなくイルゼ自身だ。よく使っている宿とは、いわゆる連れ込み宿のことだろう。

「待って、嫌っ……」

イルゼはその場に足を踏ん張った。

こちらの弱みにつけ込んで体を要求するとは、男としてあまりに卑劣だ。

抗議の意思でもあったが、それよりも今は、ノートの入った鞄を拾わなければ――。

「ふざけんな！」

ばちんっ！　と弾けた破裂音に、イルゼは首をすくめた。

大きな音にびっくりして、平手で張られた頬の痛みは、じわじわと遅れてやってきた。

「こっちが優しくしてやりゃあ、つけあがりやがって！　お前が抵抗するなら、あの食堂の中

傷ビラを大量に刷って、ばらまいてやってもいいんだからな⁉」

「お勤め先の印刷機を使ってですか？　それは公私混同では」

「うるせぇ！」

ジャンの腕がまたもや振り上げられる。

再度の衝撃に備え、イルゼは歯を食いしばった。――が。

「ぎゃぁああっ⁉　い、痛ぇっつ……！」

次の瞬間、上がった悲鳴は野太く情けないものだった。


「ねぇ。女の子を殴るってどういうこと？」


ジャンの手首を捻《ひね》り上げた誰かが、冷徹に問いかける。

「やっていいことと悪いことを判断できる頭もないの？　ろくな脳味噌が入ってないなら、その首を切り落として、案山子《かかし》の頭に挿《す》げ替えようか？」

普段より低い声だったので、すぐにはわからなかった。

「……フェイル、様……？」

片手でジャンの手首を捻り、もう片方の手をぎりぎりと首に食い込ませていたのは、イルゼのよく知る人物だった。

「こんばんは、イルゼ」

フィエルは他人行儀に呟いた。

「久しぶり」のひと言もなく、イルゼのほうを一瞥《いちべつ》もせず。

(どうしてここにフィエル様が?)

唖然《あぜん》としているうちにも、首を絞められたジャンの顔が赤紫色になっていく。

「駄目です、ジャンさんが死んでしまいます!」

イルゼはフィエルに取りすがって訴えた。

「こんなことで、フィエル様が前科を負う必要はないです。放してあげてください」

「――イルゼがそう言うなら」

しぶしぶのように解放されると、ジャンは激しく咳き込んだ。よろめきながら後退《あとずさ》り、

「くそっ、覚えてろよ!」

と悪態をついて、脱兎《だっと》のごとく逃げていった。

(あの捨て台詞、今日で二度目だわ)

台詞のバリエーションが少ないのは、小説的にはいかがなものか。

いやしかし、頭のよくない小悪党を描写するという意味では、むしろ効果的なのかも――と考え、イルゼははっとした。

(そうだ、小説!)

イルゼは水路に駆け寄った。

縁石を蹴ろうとしたところで、フィエルに後ろから羽交い絞めにされた。

「何してるんだよ、こんな寒い日に！」

「離してください。鞄を水路に落としてしまって……」

「なら俺が取ってくる。待ってて」

止める間もなかった。

イルゼを押しやったフィエルは、躊躇《ためら》いなく水路に飛び込んだ。イルゼが予想していたよりも深さがあり、背の高い彼が肩まで水に浸《つ》かった。

「フィエル様⁉」

「うわ……底、苔《こけ》でぬめってる。やっぱり君が入らないで正解」

流れのある水の中を、フィエルは転ばないよう慎重に進んだ。

「どのあたり？」

「も……もうちょっと右だったと思います。けど」

こんなにも寒い夜に、水に浸かるなんて正気か。

さっきまで自分がそうしようとしていたことも忘れ、イルゼは声を張り上げた。

「もういいです！　危ないですから戻ってください！」

「だけど、大事な鞄なんでしょ？　――このあたりかな」

一瞬、フィエルの姿が闇に消えた。

沈んだ鞄を探すべく、水に潜ってしまったのだ。

はらはらするイルゼの視線の先で、てっぺんまで濡れた赤毛頭が水面《みなも》を割って現れた。

「ごめん、見つからない。もう一度……」

「フィエル様っ！」

再び潜るフィエルに向けて、イルゼは叫んだ。

「本当にもういいから、早く上がって……！」

ゆるゆると流れる水面は、傍目《はため》には何事も起こっていないように見える。その下に人が潜っているなんて、事情を知らなければ誰にもわからない。

それにしても、フィエルが上がってくるのが遅い。

さっきよりもずっと遅い。

（まさか、溺れて……――？）

ひやっとする恐怖が胸を圧した。

あと三つ数えて姿が見えなければ、自分も飛び込もうと決めた矢先、ばしゃんっ！　と頬に水飛沫《みずしぶき》が飛んできた。

「あったよ！　これだね？」

ようやく現れたフィエルが、泥にまみれた鞄を掲げた。

「そうです、早くこっちに……！」

イルゼは懸命に手を伸ばした。

フィエルを引き上げるつもりだったのに、彼にはイルゼが一刻も早く、鞄を返して欲しがっているように見えたらしい。

「流されてなくてよかったね。──はい」

イルゼに鞄を渡したフィエルは、自力で水路から這い上がり、びしょ濡れの体をやれやれとばかりに見下ろした。

「すみませんでした。あの……」

「謝るくらいなら、もっと危機感を持ってくれない？　夜道で男に声をかけられたら、呑気《のんき》に話し込んだりしないで」

フィエルは呆れたようにイルゼを見やった。

「別に呑気というわけじゃ」

「呑気だよ。暗い場所で抱きつかれたのに、逃げるでも悲鳴をあげるでもない。もしかしたら男がイルゼの恋人なのかもって考えて、出しゃばっていいのか迷ったよ。様子見してるうちにあの男がイルゼを殴ったから、さすがにまずいと思って助けにきたけど」

「様子見？」

「……あ」

フィエルは口をつぐみ、目を泳がせた。

失言した、と明らかに後悔する表情だった。

「ジャンさんに尾けられる私を、さらにフィエル様が尾けていたということですか？」

「尾けるっていうと人聞きが悪いけど……まぁ」

「どうして今日に限って？」

「今日だけじゃない」

フィエルは開き直ったように打ち明けた。

「ここ半月は毎日だよ。夜道を女の子一人で帰らせるのは、やっぱり心配だから」

イルゼは目を瞬《しばた》いた。

――自分の知らない場所で、フィエルが護衛役を買って出てくれていた。

そのおかげで助けられたわけだから、イルゼとしては感謝しかないが。

(フィエル様は、私に付き纏うのに飽きたんじゃなかったの？)

わからない。

不可解だ。

ただひとつ、確実に理解できることといえば。

「……ごめん。理由はともかく、黙って見張られてたなんて気持ち悪いよね」

フィエルはばつが悪そうに下を向いた。

立ち去ろうとする彼の手を、イルゼは摑んで止めた。

「待ってください」

振り返ったフィエルが、戸惑いの表情を浮かべる。

濡れた髪や服を肌に張りつかせた彼に、イルゼは言った。

「そのまま帰ったら風邪をひきます。今すぐ、温かいお風呂に入れる場所へ行きましょう」

第五章　連れ込み宿の浴室で、熱くのぼせて

連れ込み宿という場所の存在や、大体の位置は把握していても、利用するために入ったのは初めてだった。

宿の人間と客が顔を合わせずにすむよう、仕切りの下りた受付で鍵をもらうのも未経験だったし、部屋ごとに風呂がついているというのもジャンの言葉で知ったばかりだ。

二階の部屋に上がったイルゼは、持ち前の好奇心で周囲を観察した。

(割と小綺麗《こぎれい》なのね。ベッドも大きいし、大人が三人は寝られそう)

窓がないのは、いかがわしい目的のための場所だからさもありなんという感じだが、イルゼの部屋よりもよほど広い。

絨毯《じゅうたん》はやや毛羽だっているが、掃除が行き届いており、目立つ埃《ほこり》などは落ちていない。

ベッドの奥にはソファセットが置かれ、簡単な食事を頼んで食べることもできるらしい。

浴室のほうから、浴槽に湯を張る音が聞こえてくる。

この宿に入るまでも入ってからも、気まずげに黙り込んでいたフィエルが、

『風呂の準備をしてくるよ』

と言い残して浴室に消えてから、数分が経っていた。

今なら大丈夫だろうと、イルゼは濡れた鞄から例のノートを取り出した。

テーブルの上で水浸しになったページを開き、重い溜め息を洩らす。

「……ひどい」

覚悟はしていたが、万年筆で書かれた文字の大半はにじみ、判読できなくなっていた。読めるページもないではないが、全体の四分の一というところだ。

どのみち、投稿する際は別の紙に清書するつもりだったが、これでは下書きとしてもろくに使えない。

（締め切りは半月後だから……——あ、無理だ）

これまでの執筆ペースを鑑《かんが》みて、イルゼは天井を仰いだ。

どう逆立ちしても、今からでは締め切りに間に合わせることは不可能だ。

「イルゼ」

絶望していたところに声をかけられ、イルゼはびくっとした。

脱衣所に続く扉が半開きになり、フィエルの裸の上半身が覗いていた。

「お湯が溜まったよ。一緒に入ろう」

「一緒に?」

――どうしてそうなる。

無言の訴えを察したらしく、フィエルはまことしやかに言った。

「順番に入るとお湯が冷めちゃうから。イルゼも寒かっただろう？　俺と一緒が嫌なら、先に入ってくれてもいいけど」

フィエルが浴室から出てこようとするので、イルゼは焦った。

股間丸出しで近づかれるのも困るが、このノートに気づかれるのはもっと困る。自分の妄想が形になったものを見られるのは、ある意味裸を晒すよりも恥ずかしい。

「わかりました。一緒に入ります」

とにかくフィエルをこっちに来させてはいけないと、イルゼは浴室に向かった。

ノートを隠す隙もなかったが、フィエルよりも先に上がって後からどうにかするしかない。

脱衣所に入ると同時に、イルゼは拍子抜けした。

「……タオル、巻いてらしたんですね」

てっきり全裸かと思ったフィエルは、白いタオルで腰を覆っていた。

「レディの前だからね。君も使う？」

「もう令嬢《レディ》ではないですが……そう思ってくださっているなら、お風呂に誘うのはいかがなものかと」

ぼやきながらも、手渡されたタオルをありがたく受け取った。

「先に入って待ってるよ」

フィエルは言って、浴室へと消えた。

今ならノートを隠せるのではと思ったが、変に間が空くと、何をしていたのかと勘繰られそうだ。

イルゼは脱いだ服を脱衣籠に入れ、裸の体にタオルを巻きつけた。

意を決してガラス戸を開けると、ふわっと温かい湯気が頬を撫でた。

「ちょうどいい湯加減だよ」

すでに浴槽に浸かっていたフィエルが、くつろいだ表情で告げた。

洗い場には金属製のシャワーがついていた。ざっと体を流してから、イルゼはタオルの裾を押さえて浴槽を跨いだ。

「失礼します」

なみなみと湯の張られた浴槽に、ゆっくりと身を沈める。フィエルほどではないとはいえ、冷えた体を湯に浸《ひた》すと、ちりちりと痛みに似た感覚を覚えた。

が、それも束《つか》の間《ま》。周囲の温度に肌が馴染むにつれ、毛穴がじわじわと開いていくような心地よさに包まれる。

（気持ちいい……）

思わず手足を伸ばしたくなるが、浴槽はさほど広くもなく、フィエルの向かいで膝を抱える

しかない。

　タオルを巻いているとはいえ、異性と顔を突き合わせての入浴というのは、気恥ずかしくてたまらなかった。

（変よね。フィエル様とはもっとすごいことをしてるのに。この間も、私の部屋で――……）

　娼婦としての手解《てほど》きをされたことを、ぼんやりと思い出していたところだったから。

「この間はごめん」

　フィエルのほうから切り出され、イルゼはどきりとした。

「君が娼館で働くって言い出したのにかっとして、ひどい抱き方をした。生易しい仕事じゃないってことを知れば、考えを改めてくれるかと思ったんだけど……イルゼが頑固だったから、結局お金を押しつけて、選択を封じる真似までした。君は施しが嫌いだって知ってたのに」

　伏し目がちに語るフィエルは、自分のしたことを心から後悔しているようだった。

「体を売るなって言ったくせに、俺自身がイルゼをお金で買ったようなものだった。どんな顔で君の前に立てばいいのかわからなくて、食堂にも劇場にも行きづらくなって――」

（……それでも私を心配して、見守ってくれてたの？）

　そう思った途端、イルゼの胸になんとも言い難《がた》い感覚が生まれた。

　くすぐったいような、むず痒《がゆ》いような――何か大事なことを告げなければと焦るような。

「あのお金は、とても助かりました」

ひとまずフィエルに顔を上げてほしくて、イルゼは言った。

「母には一日でも早く手術を受けさせたかったですし、おかげで容体も持ち直しました。フィエル様には感謝しています。本当にありがとうございます」

フィエルは意外そうに目を瞬いた。

「……俺は、君の役に立てたの？」

「はい。それに、私はあのお金を施しだとは思っていません。少しずつでも返すと決めていますから、あとで正式な借用書を書かせてください」

「ほんとに、君は……」

フィエルがくしゃりと顔を歪めた。

泣き出すとも笑い出すともつかない表情から目を離せないでいると、ふいに抱き寄せられて息が止まった。

「この際、どんな形でもいいよ。イルゼとの繋がりをなくしたくない」

「それって……――んっ……」

どういうことかと尋ねかけた唇は、彼のそれに覆われた。

前回のように強引で、呼吸を奪うようなものではなかった。

ちゅっと重ねては名残惜しげに離れ、また軽く触れ合わせる。

イルゼの反応を探るような、柔《やわ》くて優しい口づけだった。

「ん……ふぁ……っ」

キスを続けられるうちに、鼻にかかった甘い声が洩れてしまう。

これは抵抗すべき場面なのか——そんなふうに迷う時点で、嫌ではないということだ。さっき感じた胸の疼きがさらに膨らみ、全身に広がっていくようだった。

フィエルとのキスは心地いい。

抱かれるのはもっと気持ちがいい。

その事実に流されたところで、文句を言う人は誰もいない。

今のイルゼは独身で、交際中の恋人はおらず、操《みさお》を立てるべき相手もいない。

だが、フィエルはどうしてこんなことをするのだろう。

彼が望めば、どんな美人でも喜んで身を投げ出しそうなものなのに、あえて自分を相手にする意味がわからない。

何事にも合理的解釈を求めるイルゼは、この行為の理由を探した。

直前まで交わしていた会話にヒントがあるのではないかと、記憶を反芻《はんすう》した。

(私がフィエル様に借金をして……借用書を書くって約束して……)

少しずつお金を返すとは言ったが、かつかつの生活の中では正直厳しい。

そういう場合、利子だけでも支払うのが普通だが、それすら難しいことをフィエルは知っているはずだ。——つまり。

（私の体に利子分くらいの価値はあるって、フィエル様は思ってる？）

先日のフィエルの手紙には、『昨日の君の仕事は素晴らしかった』と書かれていた。

顔や性格はともかく、イルゼの体だけは気に入ってくれたのかもしれない。

自分は痩せていて胸も大きくないが、初めて抱かれた夜に『俺たち、かなり相性いいのかも』と言われた気もするし。

そういうことなら、とイルゼはすっきりした。

口内に割り入ってきたフィエルの舌に、こちらからも舌を差し出す。

「ん、っ……⁉」

キスに応《こた》えられたことが予想外だったのか、フィエルが呼吸を乱した。

けれど戸惑いはすぐに拭《ぬぐ》われて、イルゼもその気ならとばかりに、より口づけが深くなる。

「ん、あぅ……んむっ……」

舌を絡めるというよりは、搦《から》め取るように強く吸われた。

唇をぴったりと覆われ、溢れる声が呑み込まれる。首の後ろに手を添えて逃げられないようにした上で、口内を滅茶苦茶に蹂躙《じゅうりん》される。

「っ……ふ！」

フィエルの手が、タオルの上から胸に触れた。

丸みを帯びた輪郭を撫で、下から弾ませるように揉まれると、ささやかなはずのそこが快感

で膨れていく気がする。

「これ、邪魔だな……取っていい？」

タオルの縁《ふち》に指をかけ、フィエルが囁いた。

小さく頷くや、体を覆うタオルはすぐに奪われてしまう。何ひとつ隠すもののない状態で、彼の腰を跨ぐように座らせられる。

「俺のも取って」

「……はい」

甘くねだる声に誘われ、フィエルの股間のタオルを剥《は》がすと、現れたものは水中で硬く屹立していた。

自分とキスするうちに変化を遂げたのかと思うと、なんとなく嬉しくなって、イルゼはそれに手を伸ばした。

先日は、これを口に入れて舐《な》め回したことを思えば、手で触るくらいなんでもない。

存外にすべすべした亀頭を包み、よしよしと撫でるようにすると、フィエルが熱っぽい息を吐いた。

「ほんとに、今日はどうしたの……？」

困惑と喜びの混ざる表情で、フィエルはイルゼの胸を揉み始めた。指の間に乳首を挟まれ、きゅっきゅっと捻り上げられる喜悦に声が洩れる。

「もうちょっと上にあがれる？　――そう」

上半身を水面から突き出すように促《うなが》され、目の高さにきた胸の先端を、フィエルはぱくりと啄《ついば》んだ。

「あっ……あ……」

「ぁん、やあっ……！」

乳首の表面を柔らかく舐められ、イルゼは身悶《みもだ》えした。

湿った舌に赤い実りを転がされ、上体がびくびくと跳ねた。

「気持ちいいなら、もっとしてあげる」

丹念に育てられたそこの周囲。盛り上がった乳輪にまで唾液を塗り込むように、舌は円を描《えが》き始める。

「ああっ、ああ……あ、んぁっ……」

「ここだと、イルゼの感じる声が響いて楽しいね」

乳頭《にゅうとう》を軽く噛《か》み潰《つぶ》され、痛みを覚える寸前で解放される。優しい淫虐《いんぎゃく》を繰り返されて、腰の奥に甘い痺れが降り積もっていく。

反対側の乳首も指の腹でこりこり擦られ、早くもつんとしこり勃《た》った。

「いっ、あ……ああっ、いや……」

両乳首を弄《いじ》られ、イルゼの頬はぼうっと上気した。

さっきまでの寒さはどこへやら、全身が熱く火照って苦しいほどだ。

「のぼせちゃった？」

そう尋ねられて頷けば、

「じゃあ、立って」

と言われて、わけもわからずに従う。

「ここに片足をのせて」

膝裏を持ち上げられ、浴槽の縁に右足をかけると、ひどくはしたない姿勢になった。

濡れた茂みからぽたぽたと雫が落ちるのが、粗相をしている最中のようで恥ずかしい。

その下に潜り込んだフィエルが、出し抜けに秘裂にかぶりついた。

「ひゃうっ……！」

唾液を乗せた舌が、入口をちろちろとくすぐった。

媚肉《びにく》の割れ目をつんつんとつつかれ、腰が引けてしまうが、両手でお尻を鷲掴《わしづか》みにされているので叶わない。

「うぁ、だめ……中舐めちゃ……やぁああっ！」

粘膜の窪みをじゅぷじゅぷとくじられ、背骨が溶けてしまいそうになる。

フィエルの頭を挟んだ内腿がぶるぶる震え、腰が落ちそうになったところで、舌の代わりに長い中指が入ってきた。

ちゅこちゅこと音を立てて掻き回しながら、愛液に濡れた唇でフィエルが笑う。

「イルゼの中、すごく熱いよ」

「だっ、て……っ」

そこはもう蕩《とろ》けに蕩け、指一本では物足りないと思うほどに熟れていた。

繋がるのは充分に慣らしてからというフィエルの気遣いが、今はかえって苦しく恨めしい。

「んんっ、んっ……はぁ……ああっ……！」

膣襞全体をなぞるように、フィエルの指が旋回した。ぐぷっと引いては戻し、押し入れては引いて、もどかしい快感を掻き立ててくる。

それだけでも充分、追い詰められているというのに。

「ここ、ぷっくり腫れて弾けそう。——舐めていい？」

イルゼの答えを待たずして、フィエルの舌が蜜芽《みつめ》に絡んだ。

「や、そこは……——あぁぁんっ！」

さきほど乳首にしたように、唇で挟み込んで吸引されると、女だけに許された悦楽が込み上げてくる。

舐《ねぶ》られ続けて硬くなる秘玉《ひぎょく》を、裏側から擦り上げるように、膣内の指がくいくいと動いた。

「や、いや、ああっ！　それぇっ！」

「達《い》きそう？　もう達っちゃう？」

「わか、らな――ああっ、んっ、ん……もうだめ、だめ……――っ！」

ぶわっと堰《せき》を切った快楽が、血流に乗って全身を駆け巡った。

戦慄《わなな》く膣襞に指を締めつけられながら、フィエルがくすくすと笑った。

「イルゼのここ、ぎゅうぎゅう痙攣《けいれん》してる。これはちゃんと達ってるよ？」

「あ……――」

浴槽にかけた足が滑り、倒れ込みそうになったイルゼを、フィエルは危なげなく支えた。

やや温《ぬる》くなったお湯の中で、汗にぬめる体を再び抱きしめられる。

「まだ全身がびくびくしてる……達きグセがついてきたね」

イルゼは恥じ入って目を伏せた。

しかしながら、彼の言うとおりなのかもしれないと思う。

瞳は茫洋《ぼうよう》と潤み、呼吸を繋ぐのが精いっぱいなのに、指を抜かれた蜜壺はさらなる刺激を求めて、きゅんきゅんと身を引き絞っていた。

「俺は嬉しいよ。イルゼが感じてくれればくれるほど。――だけどそろそろ、俺もこの中に入りたいかな」

「っ……」

フィエルに下腹を撫でられて、淫悦の予感に子宮がぞくぞくした。

「このまま、イルゼのほうから俺の上に乗れる？」

「このまま——お湯の中で、ですか?」

「いつもと違って、新鮮な感覚を味わえるんじゃないかな」

戸惑いはあったが、「利子」を返すと決めた以上、フィエルが求めることに付き合うのが自分の務めだ。

イルゼは浴槽の底に膝をつき、そそり勃《た》つものを握ると、おずおずと股間に導いた。

「腰を落として。イルゼの大事なところに、俺を迎えて」

「こ……こう……?」

花唇《かしん》の間に亀頭を嵌《は》め込《こ》むところまでは成功したが、自分から彼のものを誘い入れるのは初めてで、勝手がわからずに苦心する。

見かねたフィエルが臀部《でんぶ》に手を回し、下に向けてぐっと引きつけた。

たちまち蜜洞《みつほら》をせり上がる質量に、臍《へそ》の裏をごりごりと削られる。

「あぁうっ……!」

「ほら、ね……入った」

フィエルはあやすように、イルゼの湿った髪を梳《す》いた。

お湯が入ってきそうだと思ったのに、一分の隙もなく隘路《あいろ》を埋めるもののせいで、中を濡らすのは潤沢《じゅんたく》な愛液だけだった。

とろとろと肉棒に絡みつくその感触に、フィエルも心地よさそうに目を細める。

「俺はこれだけでも気持ちいいけど、イルゼはどう？　苦しくない？」

「……大丈夫、です」

圧迫感は相当だが、粘膜の引き攣《つ》れや痛みは一切ない。

フィエルの指と舌でさんざんに解《ほぐ》され、すでに一度達したせいか、じりじりした熱が下腹で渦巻いている。

「だんだん馴染んできたのかな？　俺の形に」

こめかみにちゅっとキスされ、イルゼの心臓が跳ねた。

ただ体を差し出すだけならともかく、こういった甘い仕種にはどうも慣れない。

「できたら今日は、イルゼも一緒に動いてみて」

「動くって……ああっ、あぁん……！」

奥まで達していた雄茎《おすぐき》が、軽く引かれる。

蜜洞《みつほら》の半ばをぬるぬると擦られて生じるのは、微弱な快感だ。

繰り返す漣《さざなみ》のようで気持ちいいにはいいが、もっと強い愉悦を知っている身には、どうしたってもどかしい。

「ふ、ぁあ、はぁ、やっ……」

「物足りない？　足りない分は、イルゼが好きにしていいんだよ」

「そんな……言われても……」

「イルゼが突かれて嬉しいのは、一番奥。擦れて悦《よろこ》ぶのは、外側のこっち——クリトリスっていうところ」

「ひっ……！」

敏感極まる肉芽を摘んで、フィエルはぱっと指を離した。

半端に与えられた刺激のせいで、快楽を求める衝動がもっと強くなった。

「まずは、ここを押しつけるように動いてみて」

「……はい」

イルゼは唇を噛み、腰を前にせり出した。

フィエルの恥骨《ちこつ》と陰核がぶつかり、じゅっと火が灯《とも》るように熱くなる。要領がわかれば、より明確な快感が欲しくて、かくかくと腰が動いてしまう。

イルゼの律動につれて、二人を取り巻く湯の表面がじゃぷじゃぷと大きく波打った。

「……すごく気持ちいいって顔してる」

フィエルのほうも肉杭を揺さぶられ、呼吸を浅くしていた。

「どこが擦れて気持ちいいの？　さっき俺が教えたとおりに言ってみて」

卑猥な言葉を聞きたがるフィエルに、羞恥を堪えてイルゼは答えた。

「っ……クリ……リスが……」

「よく聞こえないから、もう一度。誰の何が気持ちいいって？」

フィエルは普段は優しいのに、たまにこういうところが意地悪だ。

イルゼは顔を真っ赤にし、泣きそうになりながら口にした。

「私の……ク……クリトリスが、気持ちいいです……っ！」

「そうだね。もっと見たいな。ぱんぱんに腫れたクリトリスで感じるイルゼが、自分からいやらしく腰振るところ」

「ひゃんっ……!?」

肩口に舌を這わされ、体がびくついた。

そこから首を這って遡《さかのぼ》った舌は、汗とも水滴ともつかない雫を舐め取り、やがて耳にまで達する。

「や、中……ふぁんっ……！」

くちゅくちゅと舌先を出し入れされると、まるで耳孔《じこう》を犯されているようだった。

水中で性器が擦れる粘着音が聞こえない代わりに、こうすることで卑猥な気分が掻き立てられる。

「もっと深くまで呑み込める？」

「んんぁっ……！」

腰のくびれを捕まえられ、剛直にどちゅんっ！　と貫かれた。

子宮口を破られるような衝撃に、火花に似た喜悦がばちばちと散る。

「だ、だめ！　そんな深いの、だめぇっ……！」

「嘘つかないで。イルゼはここをぐりぐりされるのが大好き――でしょ？」

繋がった体を弾ませられて、昂《たかぶ》りが否応《いやおう》なく増していく。

水の浮力がある分、ふわふわと揺蕩《たゆた》うような心地なのに、ひと突きごとにひらめく刺激は、雷のように鮮烈で。

「ぁん、や……いっ、ぁああっ！」

「ねぇ、イルゼ。気づいてる？」

膣道をぬちょぬちょと捏《こ》ね上げながら、フィエルが耳元で囁いた。

苦笑混じりの吐息が、唾液に濡れた耳朶《じだ》をかすめた。

「俺が抜こうとすると、君の中、ぎゅうってしがみついてくるんだよ。出て行かないでって、すがりつくみたいに……こんなふうに歓迎されたら、馬鹿な勘違いをしそうになる」

（勘違い……？）

フィエルはなんのことを言っているのか。

考えようとしても、今は快楽に溺れてそれどころではない。

込み上がる甘い感覚に、脳髄までぐずぐずに煮溶かされ、馬鹿になっているのはこっちのほうだ。

「んっ、んんっ、あっ、あぁあ……」

また達してしまいそうになるのを、イルゼは懸命に堪《こら》えた。

自分だけが気持ちよくなるのでは意味がない。

フィエルにも感じてもらわなければ、彼に借りを返せない。

（でも……どうしたら、フィエル様もよくなってくれるの……？）

すでに性器は結びついているし、男性の性感帯などわからない。いろいろ試してみるにしても、この体勢でできることは限られている。

いちかばちか、イルゼはフィエルの頬を両手で包んだ。

「イルゼ？」

「もう一度、キスしてください」

（――私が、されて嬉しいことだから）

さっきも思ったが、イルゼはフィエルと口づけるのがたまらなく心地いいのだった。ひとつになりながらするキスは、さらに気持ちいいはずだ。

フィエルのほうはどうか知らないが、熱を帯びたイルゼの眼差《まなざ》しに誘われ、彼のほうから唇にむしゃぶりついてきた。

「……ん……イ、ルゼっ……！」

切羽詰まった声が、口内にくぐもって響く。

名前を呼ばれながら舌を吸われると、子宮の疼きがいっそう強くなった。息継ぎの間も惜し

むように、互いに夢中でキスを続ける。

（ああ……やっぱり、気持ちいい……）

体の中心をフィエルでいっぱいにされながら、上の口まで塞がれると、たまらなく満たされた気持ちになった。

日々の疲れや不安が溶け出して、この温もりにずっと包まれていたくなる。

――離婚した夫と、そんなことを望めるような関係にはないというのに。

「っ……フィエル様は……」

呂律《ろれつ》の回らぬ舌で、イルゼは尋ねた。

「フィエル様は……フィエル様も……こうしてると、気持ちいいですか……？」

「……たりまえ、だろ……っ」

息を弾ませながら、フィエルがずんずんと奥を穿《うが》つ。

打ちつけられる熱芯に、深い悦《よろこ》びが何度も弾けて。

振り落とされないように、彼の背中を掻《か》き抱《いだ》いて。

「……よかった……」

イルゼは微笑んだつもりだった。

体だけの繋がりでもフィエルが満足してくれているのなら、お金を借りているからといって、引け目を感じなくてもいいはずだ。

なのに。

「……どうして泣きそうなの？」

気づいたフィエルが腰を止め、イルゼの目尻にそっと触れた。

「やっぱり、俺とこんなことはしたくない？」

不安そうに問われ、イルゼは無言で首を横に振った。

言えなかった。

したくないどころか、フィエルとこういう時間を過ごすことが好きだなんて、正直な気持ちはとても言えない。

（私って、こんなにはしたなかった……？）

恋人でも夫でもない男に抱かれることが嬉しくてたまらないなんて、淑女失格だ。

イルゼはもう貴族令嬢ではないし、誰に迷惑をかけるわけでもないが、自分の思っていたような自分でないことに、少なからずショックを覚える。

「イルゼが嫌なことはしたくないんだ。この間みたいに、乱暴な抱き方はもうしない」

真摯《しんし》な口調は、フィエルがあの行為でどれほど後悔したのかの証《あかし》だった。

「君のことを大事にしたい。――優しくさせてほしいんだよ」

（なんで……？）

どうしてそんなことを言われるのかわからなかった。

借金という負い目がある以上、どれだけ自分勝手に扱われたところで、イルゼは何も文句を言わないのに。

優しくしたいなんて言葉を聞くと——どうしてか、切なくなってしまって。

「……もっと」

自分がどんな顔をしているのか見せたくなくて、フィエルの肩に額を押しつける。

「もっと、フィエル様の好きにしてください——……お願い」

途端、フィエルがごくりと息を呑む音がした。

「……ほんとに君は……どうなっても、知らないからね……！」

何がフィエルの火をつけたのか、律動が再開される。浴槽内でざっぷざっぷと、一気に大きな波が立つ。

「ひああっ！　やっ、奥、あぁん、あっ……！」

蜜道の突き止まりに亀頭をなすりつけられ、心臓がばくばくした。

突き上げられるごとに花芽《はなめ》が擦れ、内からも外からも、甘苦しい感覚がイルゼを襲う。

ぜいぜいと、息絶える寸前の獣めいた声が天井に反響していると思ったら、それは自分の呼吸だった。

「あっ、もう無理……我慢、できな……っ——」

駄目なのに。

自分だけが達してしまってはいけないのに。

摑まれた腰を前後にも上下にも揺さぶられ、暴れる肉棒がごんごんぶつかる。イルゼの弱い場所ばかりを狙い、ずりゅずりゅと抉《えぐ》り回しては快楽の泉を掘り当てる。

「やぁっ、いや！　まだいや！　いきたくない、のに……っあぁぁ——……！」

押《お》し留《とど》めようのない喜悦が爆《は》ぜて、イルゼは意思とは裏腹に昇りつめた。

絶頂に収縮する媚肉《びにく》に巻き込まれ、フィエルが焦った声をあげる。

「待って……そんな締められたら、外、出せない……っ」

——どん、と。

しがみつく体を突き放され、達したばかりの肌がたちどころに温度を下げた。

尻餅をついたイルゼは、ざばりと立ち上がったフィエルが、自身の肉茎《にくぐき》を激しく擦り上げて精を放つ光景を見た。

「——っ、く……はぁ……っあ……！」

前かがみになり、浴室の床に向けて吐き出されたものが、ぼたぼたと音を立てる。

白く濁った体液は固まりかけのミルクゼリーか、不格好にちぎれた海月《くらげ》のようだった。

「間に合った……焦った……」

苦しげに呟くフィエルのやり口は、前回と同じだった。

望まぬ妊娠を避けるため、膣外に射精する。

自分たちはもう夫婦ではないのだから、それは当然なのだけれど。

(……――痛い)

イルゼは、フィエルに押しやられた肩に手で触れた。

突き放されたといっても、それほど強い力ではなかったはずなのに。ずきんとさらなる疼痛《とうつう》を覚え、遅れて気づく。

痛いのは肩ではなく、わずかに下の胸だった。

達する瞬間、フィエルが自分を抱きしめてくれなかった事実に、どういうわけかそこがひどく痛んだ。

◆◆◆

その後、イルゼはしばらく放心していた。

残滓《ざんし》のこびりついた下腹部を清めるフィエルにシャワーを譲り、浴槽に浸かったまま目を逸《そ》らしていた。

「よかったらイルゼも洗ってあげるよ?」

冗談めかした誘いに、

「結構です」

と答えると、フィエルは残念そうに肩をすくめた。

「じゃあ先にあがるね。君は好きなだけゆっくりしてて」

彼が浴室を出ていったとき、何かを忘れている気はしたのだけれど。

ぼんやりしたまま浴槽の湯を抜き、ぼんやりしたまま体を洗い、さきほどの出来事について思いを巡らせる。

フィエルに突き放されて、何故あんなに胸が痛かったのか。

そのくせ、優しくしたいと言われたときには、どうして切なくなったのか。

答えの出ないまま髪まで洗い、シャワーのカランをひねって湯を止めると同時に、イルゼははっと思い出した。

（――ノート！）

見つかる前に隠さなければと思いながら、テーブルに出しっぱなしにしていた。

慌てて浴室を飛び出し、体を拭くのももどかしく、脱いだ服を再び着込む。

そうして部屋に戻るなり、イルゼはへなへなとへたり込みそうになった。

「この小説、イルゼが書いたの？」

例のノートを手にしたフィエルが、振り返りながら尋ねた。

まだ乾かない服の代わりに、備えつけの白いバスローブを羽織っているのが、心憎いほど似合っている。

「ひ、人のものを勝手にっ……！」

「ごめん。だけど、こんなふうに見えるところに置いてあったら、なんだろうって気になるよ」

フィエルは首をすくめた。

「これが鞄に入ってたから、必死に拾おうとしてたんだね。濡れ鼠《ねずみ》になって探した見返りに、少しくらい見せてもらっちゃ駄目かな？」

「……勝手にどうぞ」

もはやどうにでもなれと、イルゼはベッドに突っ伏した。枕にばすんと顔を埋《うず》め、露骨なふて寝の姿勢だ。

フィエルもベッドの端に腰を下ろし、小説を読み始めた。

濡れたページをめくる音がするたび、きりきりと胃が引き絞られる思いだ。

「水でにじんで読めないところも多いけど――これは、恋愛小説？」

「ええ、まぁ」

恥ずかしさのあまり、ぶっきらぼうな声が出た。

「私が恋愛小説を書くなんて、笑っちゃいますよね。モテない女の妄想を読まされて、気持ち悪いでしょう？」

「そんなつもりで訊いたんじゃ」

「慰めてくれなくて結構です」

けなされる前に予防線を張ろうとして、つい言い訳がましくなる。

「だって、応募要項には『女性が楽しめる恋愛小説』って書いてありましたし。賞金は千スロンですし。求められるテーマで書かないことには、選考の対象にもなりませんし」

「これ、小説の賞に出すつもり？　イルゼは作家を目指してるの？」

「悪いですか？　――お金のためです」

サヴィにも告げた建前だった。

「あなたに言われて、体を売るのは思い直しましたから。元手をかけずに稼げそうなことは、それくらいしか思いつかなくて」

「そうかな」

フィエルが首を傾げる気配がした。

「お金のためっていうのも理由のひとつだろうけど……この作品は、イルゼが書きたくて書いたんじゃないの？　すごく楽しそうに見えるんだけど」

イルゼは思わず顔を上げた。

「……どうして」

「たとえば、ここかとか」

フィエルの指先が、かろうじて読めるページを示した。

「字が乱れて、インクがかすれてる。早く続きを書きたくてもどかしいって感じに。比喩表現や語彙の豊かさも、素人の付け焼き刃って感じじゃないよ。文章にリズムがあって読みやすいし、作中の光景も自然に目に浮かぶし」

「……本当ですか？」

「あ、俺みたいな素人の意見は参考にならないって思ってる？　でも、本を読むのは大概が素人なんだし。――少なくとも俺は、この話の続きを読みたい。騎士だったエレンと王女ラーナは、この先どうなるの？」

登場人物の名を口にされ、顔がぼうっと熱くなる。

全身の血がざわざわして、意味もわからない奇声をあげたくなる。

初めて他人に作品を読まれ、好意的な感想をもらえたというのは、それくらいの喜びとくすぐったさをイルゼにもたらした。

「……ありがとうございます」

イルゼは身を起こし、もごもごと言った。

「フィエル様のおっしゃるとおりです……私、この話を書きたかったんです。だけど、なかなか踏み出せなくて。やっと手を着けても、書きながらもずっと、これでいいのかって自信がなくて」

「どうして？　好きなことをしてるのに」

「好きなことだからこそです」

それは、長い間イルゼを縛りつけていた切実な悩みだった。

「私は、子供の頃から本ばかり読んできました。華やかな社交は苦手だし、祖母の世話をしながらもできることでしたし、図書館に行けばお金はかからないし」

恋愛小説に限らず、探偵小説や歴史小説や人情小説。実在の人物の手記や伝記など、手当たり次第に読むうちに、すっかり活字中毒になっていた。

「そのうち自分でも書いてみたいと思うようになって……でも、いざ筆を執《と》ると、過去に読んだ名作が頭をよぎるんです。心を打たれた台詞や驚愕の展開を思い出すほど、自分じゃあんなふうには書けないと怯《ひる》んでしまって。憧れの作家と同じ世界に行きたいと思うなんて、おこがましいにもほどがあるって」

「これまでの蓄積が、悪い意味で壁になってたってこと？」

イルゼは黙って頷いた。

物語を深く愛せば愛すほど、中途半端なものは書けないと二の足を踏んだ。

「でも今は、その壁を壊そうとしてる」

ノートを閉じたフィエルは、水を吸って波打つ表紙を慈しむように撫でた。

「本当に好きなものや欲しいものに手を伸ばすのは、怖いよね。届かなかったときのことを考えると、どうしたって尻込みする」

だけど、と続けたフィエルが、こちらを見つめて微笑んだ。

「イルゼはとにかく踏み出したんだよ。すごいことだ。——君のことがまたひとつ、知れてよかった」

（あ——……）

イルゼの胸に、思いがけない熱が宿った。

さっきは妙な痛みを覚えた場所が、フィエルの優しい声に慰撫《いぶ》され、とくとくと甘い鼓動を打ち始める。

「それに、これでやっと腑《ふ》に落ちた。イルゼが俺と結婚してくれた理由。あれも突き詰めれば、取材の一環だったんだね？」

「っ……」

言葉に詰まったイルゼに、フィエルが苦笑した。

「いつか小説に書くことがあるかもしれないから、結婚も出産も育児も経験してみたかったんでしょ。あとは夫の不貞と、義両親の嫁いびりと……『順風満帆な結婚生活より、そのほうが盛り上がる』だっけ？」

「お、覚えていらしたんですか？」

これはさすがに気まずかった。

結婚とは、伊達や酔狂でするものではないことくらい、イルゼもわかっている。

ネタ探しをするのは自由にしても、他人の人生を巻き込んでというのは、非常識だと怒られても仕方がない。

「申し訳ありません！」

イルゼは潔く頭を下げた。

「私みたいな女が結婚できる機会は、あれが最初で最後だと思いました。浮気性の夫に蔑《ないがし》ろにされても、行かず後家で一生を終えるよりは創作の糧《かて》になると思って」

「だからなんで、俺が浮気するのが前提なのかなぁ」

フィエルはぽりぽりと頰を掻いた。

「俺は別に怒ってないよ。むしろ、イルゼの根性がどこから湧いてくるのかよくわかった。お父さんに失踪されて、働きながら病気のお母さんを支えて……どれだけ大変でも、いつかネタにできると思うことで、頑張ってこられたんじゃない？」

イルゼは呆然とした。

（……フィエル様ったら、占い師になれるんじゃないの？）

誰にも話したことのない本心を、どうして彼には見透かされてしまうのだろう。

常に淡々としていると思われやすいイルゼだが、先のことを考えると不安になるし、人並みに弱音を吐きたくもなる。

そういうときは、「小説を書く上で、どんな経験も無駄にはならない」という先人作家の教

えを胸に、歯を食いしばってやってきたのだ。

「好きなものに助けられるって、こういうことなんだね」

　フィエルは感慨深げに呟いた。

「それだけ夢中になれるものがあるって、羨ましいよ。俺との経験がネタになるなら、好きに使ってくれて構わない。といっても、結婚生活は一日で解消されたわけだし、もう少しくらい一緒にいてもよかったかもしれないけど」

「……そうですね」

　曖昧に頷きながら、イルゼは初めて、彼と離婚していなかった場合のことを考えた。

　あの状況では、迷惑をかけないために別れる以外の選択肢は思いつかなかったけれど。

　もしも父の不祥事がなかったら、フィエルとどんな夫婦になっていたのか。

　小説を書くことも理解してくれて、意外と上手くいっていたのではないか――と、詮無《せんな》いことを思ってしまった。

「で、この話はいつ完成するの？　賞に出すってことは締め切りがあるんだよね」

「……それなんですけど」

　答える声は重く沈んだ。

「締め切りは半月後です」

「すぐじゃん！　間に合うの？」

「本当なら、ぎりぎりで完成する予定でした。でも、下書きのノートがご覧の有様なので、今回はさすがに……」

口にすると、諦めるしかないという現実が肩にずんとのしかかった。

「そもそもが無謀な計画だったんです。寝ないで小説を書いていたせいで、今日は失敗もしてしまいましたし」

『小鳩亭』での仕事中、睡眠不足が祟って客に水をかけてしまったこと。

その客がさっきの印刷工で、絡まれるきっかけを作ってしまったことを、イルゼは悄然《しょうぜん》と打ち明けた。

「これ以上、ご主人や女将さんに迷惑をかけるわけにはいきません。小説は一旦お休みして、仕事を優先しないと」

「一日の仕事を終えた後に、小説を書いてたの？」

フィエルが驚いたように言った。

「駄目だよ、そんな効率の悪いこと！　それくらいなら早く寝て早く起きて、朝に書いたほうがよっぽどいい。脳が一番疲れてるときに、頭を使う執筆なんてもってのほかだ！」

フィエルの剣幕に、イルゼは面食らった。

言われてみれば納得できるが、その発想はなかった。小説家は締め切りを守るためによく徹夜をするというし、なんとなく夜に書くものだと思っていた。

「わかりました。次からはそうします」

「次じゃなくて！」

フィエルはノートを手に、身を乗り出した。

「せっかくここまで頑張ったんだから、俺は諦めてほしくない。ノートはこんなことになっちゃったけど、一度書いた文章は、今のうちなら再現しやすいはずだ。次の募集がかかるまで待ってたら、その間にどんどん忘れていくよ」

「でも、いくら朝に書いたとしても……仕事をしながらじゃ、やっぱり」

「『小鳩亭』には、イルゼの代わりに俺が行く」

きっぱりと言い放たれ、イルゼの目は点になった。

「本当は劇場の仕事も代わってあげたいけど、衣装を縫うのは無理だしね。その分イルゼはちゃんと寝て、明るいうちに小説を書くこと。今までより絶対効率がいいはずだから」

「待ってください、フィエル様にそこまでしていただく義理は……」

ただでさえ彼には、手術費用の件で助けてもらっている。

これ以上の借りを作ったら、どうしたって返せる気がしない。

「俺がやりたいからやるんだよ」

焦るイルゼに、フィエルはノートを手渡した。

「俺には、イルゼみたいに夢中になれることがない。その分、君を応援させて。この物語の続

きを俺に読ませて」

熱っぽい口調で掻き口説かれ、イルゼはふいに悟った。

(ああ……こういうところだ)

離婚した妻にまで――本来なら親切にする理由のない女にまで、優しさの大盤振る舞いをするところが、フィエルが色男である所以《ゆえん》なのだ。

ベッドでの振る舞いにしてもそう。

恋人でもないのに、切なくなるほど丁重に扱ってくれるからこそ、世の女性たちは彼に惹《ひ》かれるのだろう。

支配的な夫にうんざりしている人妻や、世間知らずな令嬢は、フィエルの態度や眼差しから、欲しい言葉を勝手に汲《く》み取ってしまう。

君が大事だよ。

素敵だよ。

好きだよ――と。

(……なんだ。私もしょせんは凡庸じゃない)

苦笑しかけた口元は、震えて歪んだ。

小説を読み書きすることに至上の喜びを覚えるイルゼは、恋愛とは物語の題材のひとつに過ぎず、己がのめり込むことはないと信じていた。

美男にしろ美女にしろ、個人の努力とは関係なく、たまたまその容姿に生まれついたにすぎないのに、持《も》て囃《はや》される理由がわからない。

不倫や一夜限りの関係など、自身の誇りや評判を損なうだけなのに、何が楽しいのだろうと思っていた。

そう達観していられたのは、知らなかったからだ。

人は、物語だけがあれば生きられるわけではない。

イルゼにとっての物語は、他人にとっての趣味や仕事、あるいは我が子だったりするのかもしれない。いわゆる生きがい。人生の指針になるものだ。

けれどそれは、こちらが想うほどに応《こた》えてくれるとは限らない。

趣味が高じてその道を極めようと思ったら、誰かと比べて苦しくなる。品評会やコンクールが催《もよお》され、勝ち負けが明確に決まる世界もある。

仕事は常に順調なことのほうが稀《まれ》だし、子供など、よりままならない存在だ。

血を分けていても、親とは別の人格である以上、望むように育たないことも、愛情を注いだつもりで伝わらないこともある。

そんなときに、フィエルのような男性に出会ったら。

地位も美貌も申し分ない貴公子に尊重され、甘い言葉を囁かれたら、つい錯覚してしまう。

自分は、これだけの魅力を持つ男性に大切にされる価値がある存在なのだと。

(……馬鹿みたい)

イルゼは唇の内側を噛み締めた。

(錯覚だってわかってて……それでも今だけは、フィエル様にそばにいてほしいなんて)

彼が姿を見せない間、イルゼはずっと寂しかった。

体だけの繋がりでもいいと思えるくらい、彼の愛撫に乱れて、きりもないキスに溺れた。

我ながらはしたないと恥ずかしくなったが、あれは相手がフィエルだったからだ。

(本当に、馬鹿みたい……)

別れを切り出したのはこちらのくせに、どうしようもなく自覚する。

——自分は、離婚した夫にいまさら恋をしてしまったのだ。

「イルゼ?」

うつむいて黙り込むイルゼを、フィエルが案じるように覗き込んだ。

「余計なお世話だった? でもきっと、君は書くべき人だと思うから」

「え……?」

イルゼはゆっくりと瞬きした。

書くべき人。

その言葉を、かつてイルゼに言ってくれた人がいた。

(まさか、あのときの——……ううん、違う。あの人とは、髪の色も声も違う)

そうとはわかっていても鼓動が逸《はや》る。

脳裏に蘇るのは、数時間前にサヴィと交わしたやりとりだ。

『小説を書いてるって話、聞かせてもらったのは私が初めて？　だったら光栄だな』

『ううん。たまたま会った男の人に、流れで話したことがあって。この話、ちょっと長いんだけど……聞く？』

あの人のことを二度も思い出すなんて、今日はどういう日なのだろう。

奇妙な巡り合わせを感じつつ、サヴィに話した話をイルゼは改めて回想した。

第六章　仮面舞踏会の夜に

それは今から二年近く前――フィエルと見合いをする、一年以上前のこと。

その日のイルゼは珍しく、貴族の集《つど》う夜会に出席していた。

祖母譲りの倹約精神で、ろくに身なりに構わないイルゼを心配した両親が、

『たまには年頃の娘らしい恰好をして、華やかな空気にも触れておきなさい』

と無理矢理に連れ出したのだ。

気乗りしないながらも足を運ぶ気になったのには、理由がふたつある。

ひとつは、その夜会の趣向が、素顔を隠して臨《のぞ》む仮面舞踏会だったこと。

社交に興味のないイルゼは、貴族の顔ぶれや関係性に疎《うと》い。

仮面舞踏会なら、相手の正体がわかっても知らないふりで会話をするのがマナーなので、不作法を誤魔化せるだろうと思った。

もうひとつは、主催者である伯爵家の夫人が、イルゼと同じく熱心な読書家だったこと。

イルゼの人となりをよく知る彼女は、

『退屈になったら途中で抜け出して、図書室で本を読んでいればいいわ。気に入ったものがあったら、そのまま貸してあげるから』

と、事前に手紙をくれたのだ。

そうして出向いた夜会は盛況で、きらびやかな広間には多くの人々が集まっていた。

楽団が奏でる曲に合わせ、ビロードや宝石細工の仮面をつけた男女が目まぐるしく踊る。

その様を広間の隅から眺めつつ、イルゼは脳内で文章を組み立てていた。

(『女性たちのドレスが華やかに翻《ひるがえ》る光景は、まるで色とりどりの花が咲き乱れているようだった』――駄目ね。「華やか」と「花」で響きが重複してる)

いつもの癖で、この場面を小説にするとしたら、どう描写すべきかを考える。

ビーズ刺繍のバッグに潜ませた手帖《てちょう》を取り出し、今ここでペンを走らせたくなる。

(女性向けの小説を書くときは、衣装についての書き込みも重要なのよ。流行の型はあっという間に変わるし、これぱっかりは実際に観察するのが一番だけど……)

あいにく、イルゼの視力は本を読みすぎたせいであまりよくない。日常生活に不便はないが、遠目に踊る女性のドレスを細部まで凝視するのは難しい。

仕方がないので、ひとまず自分が着ている服を描写してみることにする。

(お母様が仕立て屋を呼んで作らせたドレスで、色は赤で……赤だけど、派手すぎない臙脂《えんじ》っぽい色で、スカートは大きく広がって……これだけ襞をたっぷり取ったら、布地代が嵩《かさ》んで恐

ろしい金額になるのに！　しかも、その上から黒のチュールレースを重ねるなんて凝ったことをしなくても！　……ああ、描写そっちのけで、余計なことばっかり考えちゃう。自分が興味のないことを書くって難しいわ。作家は、何事にも好奇心旺盛であるべきだっていうけど、真理ね）

着慣れないコルセットも踵《かかと》の高い靴も窮屈で、立っているのが苦しくなってきた。

そろそろ潮時だと判断したイルゼは、

「お父様、お母様。疲れたので休ませてもらってきます」

と両親に告げて、広間を退出した。

父と母は、せっかく来たのに……と渋い顔だった。

あわよくば、どこかの若者とワルツの一曲でも踊って、これを機に良縁を結べればと考えていたのは明白だった。

（結婚ね……創作のネタになるなら、一度くらいしてみてもいいとは思うけど。私が小説を好きなだけ読み書きしても放っておいてくれる、都合のいい人がいればね）

この屋敷の図書室には、何度か招かれたことがある。

勝手知ったる廊下を歩きつつ、イルゼは我ながら都合のいい望みだと苦笑した。そもそも、自分のように地味で貧乏臭い女を、妻に望む男性がいるとは思えない。

夫人が事前に開けておいてくれたのか、図書室の扉には鍵がかかっていなかった。

一歩踏み込むなり、書架がずらりと並ぶ光景に目が輝く。ドレスのスカートをたくしあげて駆け寄り、背表紙の並びをいそいそと指で辿った。

(『愛の虹』シリーズの最新刊があるわ。キャロル・ボーン先生の新作も！　『恋は遠い幻』の私家版まで！)

図書館では順番待ちでなかなか借りられない本や、一般には流通していない稀少本《きしょうぼん》まで、ここにはなんでも揃っている。まさにイルゼにとっての天国だ。

選んだ本を両腕いっぱいに抱え、イルゼは長椅子に腰を下ろした。

ページをめくるなり、大量の活字が目に飛び込んできて、たちまち本の世界に没頭する。

(気になるわ。先が気になるわ……――！)

夢中で文章を追っていたが、ある場面でふと我に返った。

ちょうど作中では、今夜のような舞踏会が開かれていた。

集まった人々や広間の様子が、流れるような筆致で描写されているのに、

「……上手い」

と唸ってしまった。

イルゼはすぐさま、バッグから手帖と万年筆を取り出した。

本を横に置き、膝の上に手帖を広げると、問題のシーンを一心に書き写し始めた。

(まずは会場のスケール感を伝えてから、シャンデリアや柱の装飾に視線誘導していくのね。

華やかな周囲の様子を描きつつ、慣れない場に気後れする主人公の心情も、邪魔にならないタイミングで織り込みながら――）

気に入った本の一節や印象的なシーンを書き写すのは、イルゼなりの文章修行だった。

作家にはそれぞれ独自の文体があって、波長が合うと読んでいるだけでも気持ちがいいが、模写してみるともっと楽しいのだ。

（色、匂い、音、空気感……どうしてこんなに過不足がないのかしら。どれくらい推敲《すいこう》したら、こんな文章になるの？　それとも、プロなら最初から一発必中で書けるものなの？）

美しくも無駄のない言葉の魔術に耽溺《たんでき》し、時間を忘れる。

よって、イルゼはまったく気づかなかった。

図書室の扉がいつしか開けられ、誰かが入ってきたことに。

「ねぇ、君」

「なんですか？　今は忙しいので――」

後にしてくれます？　と言いかけて顔を上げ、イルゼは息を呑んだ。

声をかけてきたのは、黒髪の男だった。

少なくとも、背格好だけなら若く見える青年だ。

明言できないのは、彼もイルゼと同じく、目元を覆う形の仮面で顔を隠していたからだ。

「こんな場所には誰もいないだろうと思ったのに。君も気疲れして逃げ出してきたの？」

「はぁ……まぁ」

「仲間だ」

青年の口元がふっと和《なご》んだ。イルゼの向かいの椅子に腰かけ、クラヴァットの結び目に指をかけてぐいと緩める。

「俺もしばらく休憩させて。ほんと困るよ。なんのための仮面舞踏会なんだか。こうして顔も隠してるのに、すぐに正体がバレちゃって。次から次に誘われて、踊り疲れた」

「誘われた？」

ぼやくような言葉に、イルゼは首を傾げた。

気になることがあると追究せずにいられないのは、物書き志望の性《さが》だ。

「あなたは男性ですから、誘ってきたという相手は女性ですよね。今夜のような場で、女性から男性に声をかけるのはマナー違反だったと思います。それを押しても誘われたということは、自分はモテるぞという自慢ですか？」

仮面で顔半分が隠れていても、すっきり通った鼻梁《びりょう》といい、形の良い唇といい、青年が魅惑的な容姿の持ち主であることは察せられた。

「自慢じゃなくてただの事実だよ。俺は本気で困ってるんだ」

「という自虐風自慢ですね？」

「違うから。もうね、つらい。ほんとにつらい。君は俺のこと知らないみたいだし、よかった

ら聞いてくれる？」

青年はかなり酔っているようだった。イルゼがうんとも言っていないのに、酒焼けしたようなかすれ声で、自身の半生を語り始める。

それを物語風にまとめるなら、こんな感じだ。


物心つくよりも前から、彼は天下の色男だった。

丸三日に及ぶ陣痛の末、彼をこの世に送り出した疲労困憊の母親からして、誕生した我が子を見るなり、

『私ったら、天使を産んでしまったわ……！』

と、感涙に咽《むせ》んで気絶するほど整った顔の赤ん坊だった。

待望の嫡男《ちゃくなん》を腕に抱いた父親は、これは将来、星の数ほどの女を泣かせるに違いないと息子の将来を危《あや》ぶんだ。

ただの親馬鹿と侮《あなど》るなかれ。

その後も彼は日に日に愛らしさを増していき、乳母や子守り女中がこぞって世話を焼きたがったせいで、摑み合いの喧嘩が勃発。

貴族の子供同士で遊ぶ機会があろうものなら、右手に一人、左手に一人、後ろ髪を引っ張るのが一人、大胆にも正面から抱きついてくるのが一人——と最低でも四人の女の子が彼を囲ん

で、互いに牽制の火花を散らした。

それが年頃になると、よりいけない。

未婚の令嬢のみならず、すでに夫のある女性、なんなら伴侶を亡くして寡婦《かふ》となった老婦人すらも、麗しい貴公子に成長した彼の虜《とりこ》となった。

(何これ。すごく参考になりそう)

縷々《るる》語られる青年の生い立ちに、気づけばイルゼは、前のめりで聴き入っていた。

色男というキャラクターは、恋愛小説でもよく登場する。

ヒロインにちょっかいをかける当て馬役であることが多いが、正ヒーローに据えられる場合、これまでさんざん浮名を流しておきながら、実は誰にも本気になったことがなく、ヒロインと出会ったことで真実の愛に目覚めるのが黄金パターンだ。

「なるほど。周りに嫉妬されて同性の友人ができないのは、辛いだろうとお察しします」

相槌《あいづち》を打つイルゼに、青年はぐすっと鼻を啜《すす》り上げた。どうやら彼は泣き上戸だ。

「わかってくれる? 俺だって男同士の馬鹿話がしたいし、なんでも打ち明けられる親友が欲しいんだ。大体……大体っ!」

青年の声量が、にわかに高まっていく。

「皆は俺のこと、女性と見れば口説いて持ち帰るケダモノ扱いしてくるけど。それは誤解だか

らね？」

長椅子の座面をだんっと叩き、青年は血を吐くように叫んだ。

「俺は！　まだ！　童貞なのにっ!!!」


「――は？」

イルゼは目をぱちくりさせた。

どうてい。

会話の流れからすれば、ここは「道程」でも「同定」でもなく、おそらく「童貞」だろう。

辞書的な意味では、「性行為を経験していない男性」を指す。

対義語は「処女」。言うまでもなく、イルゼもそうだが。

「童貞の色男というのは、矛盾しているのでは……あ、でも、色男の第一義は『女性にモテる美男子』だから、必ずしも非童貞である必要はない……？」

ぶつぶつと独りごちるイルゼに、青年は勢いよく頷いた。

「そうなんだ。俺は女性にモテる。時には、そういう趣味の男からも熱烈にモテる。誘われればダンスくらいはするし、お茶だって飲むし、オペラや芝居も見に行くよ。喧嘩なんてしてほしくないから、皆を平等に扱うことに決めてるんだ。俺は平和主義者だから」

「別の言葉では、事なかれ主義とも言いますね」

「……その通りだよ」

青年はがっくりと肩を落とした。

「でも中には、ダンスやお茶だけじゃ満足してくれない人たちがいて。睡眠薬を盛られて、目が覚めたら裸でベッドの中……なんてことも何度かあったんだけど」

「事件じゃないですか。加害者が女性で被害者が男性でも、強姦罪《ごうかんざい》は成立するんですよ」

訴えましょう！　と憤るイルゼを、青年は慌てて遮った。

「大丈夫、ヤられてないから。危《あや》ういところで気がついて、どうにか逃げ帰ってきてるから」

「本当ですか？」

「そんな強硬手段をとってくる相手に、その気になったりできないよ。そもそも、最初にそうい目に遭ったのは十二のときだったし。向こうは三十歳を超えた人妻だったし」

手段を選ばぬ人妻の強欲さに、イルゼは呆れた。

同時に、青年のことが急にかわいそうになった。

「未成年相手の淫行なんて、ますます卑劣な犯罪ですね。——怖かったでしょう？」

「……うん」

青年の声が一瞬詰まった。

「怖くて泣いたら帰してもらえたけど、世間の噂では、俺の童貞を奪ったのはその人だってこ

とになってる。おかげで俺は、年上好きのマセガキってことにされて、それからますます誘いが露骨になって。しばらくは女性恐怖症気味にもなったけど……だんだん、そこまでする女の人たちは、実は寂しいのかもしれないって思えてきて」

女性たちの欲望や虚栄心には底がなかった。

年下の美少年に言い寄られる、魅力的な女。

若いだけの小娘には負けない、生涯現役の女。

理想の自己像を演出するため、女たちは彼を利用した。

たとえ実際に何もなくとも、二人きりで一夜を過ごした事実さえあれば、そこで起きたことはいくらでも捏造《ねつぞう》できる。

「どうしてこんなことをするのかって訊いたら、ご主人に浮気されてたり、夜の生活がなくなって、女として見られないのがつらいっていう人がほとんどだったんだ。自分にもまだ魅力があることを確かめたかったとか、旦那さんに嫉妬してほしかったって話をされたら、俺なりにできることはないかって考えるようになって……」

同情した彼は、いつしか女たちの嘘に加担するようになった。

もちろん、一線を越えることはしない。

話を聞いて、慰めるために手を握る程度のことはあっても、性的な意味で触れたことは一度もない。

ただ、女たちの紡ぐ虚言については——彼に激しく求められ、めくるめく夜を過ごしたという作り話は、真偽を訊かれても否定しなかった。

妻の浮気に嫉妬した夫が発奮し、夫婦生活が復活したと喜ぶ女性の笑顔を見ると、こんな自分でも役に立てたのだとほっとした。

「自分で言うのもなんだけど、俺って本当に、見た目以外に取り柄がなくてさ」

青年はそう自嘲した。

「得意なこともないし、やりたいことも見つからない。女の人たちが俺を必要としてくれるなら、嘘に付き合うのもまぁいいかなって……だけど、いつか本気で好きになった子には軽蔑されるだろうね。女たらしの悪評は消せないし、いまさら全部嘘だったたって言っても信じてもらえないだろうし。君だって、この話を疑ってるんじゃない？」

「嘘でも本当でも構いません」

イルゼは心からそう言った。

「あなたの話は興味深かったです。作り話だったとしたら、むしろその才能に嫉妬します。女たらしと誤解される青年の苦悩を題材に、一本の小説が書けそうで——もしよかったら、メモを取っても構いませんか？　機会があればネタにさせていただいても？」

「ネタ？」

「私は作家志望なんです」

そんなことを打ち明けたのは、互いに仮面をつけていて、身元のわからない状況だからか。

それとも、彼の秘密を聞かせてもらったせめてものお返しのつもりだったのか。

「と言っても、まだ一作も完成させたことはないんですけど。思いついた設定を書き留めたり、冒頭だけを書いて、すぐに行き詰まったりしてるくらいで……」

「そういえば、さっきも何か書いてたね。その手帖、見せてほしいって言ったら怒る？」

「……どうぞ」

躊躇《ためら》った挙句、イルゼは手帖を差し出した。

青年が手帖をめくる間、自分の内臓を覗き込まれているようで、鳩尾《みぞおち》がそわそわした。

いつか小説を書いたとして、それを目の前で読まれたら、もっと落ち着かないに違いない。

「――すごいね」

青年がぽつりと呟いた。

「普段からたくさん本を読んで、いろんな研究をしてるんだってわかるよ。空の色や建物の描写や、美味《おい》しそうな料理の味……自分の言葉で伝わるように、一生懸命考えて」

青年があまりに感心するので、イルゼはもじもじした。

「褒められるようなものじゃないです。そんなの作品未満ですから」

「だったら、これから作品にすればいい」

青年はふいに顔を上げた。

「君はいくつ？」

「十八ですけど」

「俺より四つも年下だ。それなのにもう、夢が見つかってて羨ましいよ」

「夢を見るだけなら誰でもできます。実際に行動できる人はそんなにいないよ。——頑張って」

まっすぐな励ましとともに、手帖を返される。

「きっと、君は書くべき人だ」

「書くべき人……」

「俺なんかの話が役に立つなら、いくらでもネタにして。聞いてくれてありがとう」

「あのっ……！」

イルゼは手帖を握りしめ、立ち上がった。

「俺なんか、って卑下しないでいいと思います。あなたは事なかれ主義かもしれないけど、その分優しい人なんだと思います」

呆気にとられたように、青年がイルゼを見上げている。

「自分の評判を下げてまで、あなたを利用する人の気持ちに寄り添ってあげるなんて、そうそうできることじゃないです。実際、それで救われた人もいるわけで……だけど」

おこがましいかと思いつつ、言葉にせずにはいられなかった。

「あなたはもう少し、自分勝手になってもいいんじゃないですか？　やりたいことだって、そのうち見つかるかもしれませんし。そのときは周りの迷惑や評判なんて気にしないで、後悔しないよう、好きにすればいいんですよ」

夢中で訴えながら、イルゼは混乱していた。

こんなのは自分らしくない。

初対面の男性を励ましたいと思うなんて——まして、こんなふうに熱く語ってしまうなんて、まったくの想定外だ。

けれど彼は、イルゼに向かって「書くべき人」だと言ってくれた。

本ばかり読んで、何かしらちまちまと書いているイルゼを、

『女が作家なんかになれるわけがない』

と父親のように否定したりしなかった。

「ごめんなさい、一方的に。つまり、ええと、私も頑張りますから——そのうちきっと、小説を書いてみますね！」

「待って。君、名前は……⁉」

言うだけ言って図書室を飛び出すと、青年の叫び声が後ろで聞こえた。

けれどイルゼは足を止めない。

柄にもない行動に出た羞恥と、小説を書くと宣言した高揚で心がぐちゃぐちゃになり、その

場にじっとしていられなかった。

広間に駆け戻ると、夜会はちょうどお開きになるところだった。

あの青年と再び顔を合わせないうちにと、両親を急《せ》かして帰りの馬車に乗り込む。

（……あ）

乱れる鼓動がおさまってから、イルゼはようやく気づいた。

常に持ち歩いていた愛用の万年筆を、あの場に落としてきてしまったことに。

◆◆◆

——小説を書くために、半月ほど仕事を休ませてほしい。

最悪の場合、馘《くび》になることも覚悟でそう切り出したイルゼにとって、『小鳩亭』夫妻の反応は予想外だった。

「イルゼちゃんが作家先生になるって⁉　そりゃあ大変だ！」

「そんなにたくさんの文章を書けるなんてすごいねぇ。あたしはちっとも学がないけど、イルゼちゃんの本なら絶対読むよ。いつどこで買えるようになるんだい？」

早合点する二人に、賞に応募するだけで作家になれると決まったわけではないのだと、イルゼは何度も説明したが、彼らははしゃぎっぱなしだった。

イルゼが休む間は、フィエルが代わりに働いてくれるという点についても、

「そりゃいいな、女性客が倍に増えるぞ！」

「あたしだって十歳は若返りそうだよ。あの男前は見る美容液だからね！」

と、大層好意的に受け入れられた。

実際、フィエルはとてもよくやってくれた。

もともと客として店に通っていたため、イルゼの仕事ぶりは見て覚えている。常に笑顔で気も利くので、接客業にはこの上なく向いている人材なのだ。

主人の目論見《もくろみ》どおり、フィエル目当ての女性客も押し寄せ、『小鳩亭』の売り上げは一気に跳ね上がった。

むしろ彼のほうが店員として適任で、自分の戻る余地はないのではないかと、正直不安になったほどだ。

そうして確保させてもらった時間を、イルゼはすべて執筆にあてた。

水濡《みずぬ》れしたノートの文章は記憶を頼りに復元し、その続きを書き進めた。

フィエルの助言どおり、朝起きて、軽い体操と朝食を終えてから机に向かうと、文章を綴る速度が格段に上がった。疲れた脳で作業をしてもろくに進まないことがわかり、今までいかに非効率な時間を過ごしていたかを痛感した。

そのように環境を整えた上でも、進行はぎりぎりだった。

迫る締め切りのことを考えると、間に合わないのではないかと心臓がばくばくした。

途中で何度も、これは面白いのだろうかと不安になり、本当に書き上げられるのかと自分を疑った。

そんなときは、奇《く》しくも二人の人物からもらった言葉を思い出した。

『きっと、君は書くべき人だ』

一人はフィエル。

もう一人は仮面舞踏会の夜に出会った、名前も知らない黒髪の青年。

自分を信じられないときは、彼らの励ましを信じるようにした。特にフィエルには、さんざん協力してもらっているのだから、くじけることはできなかった。

最後のほうになると、さすがに睡眠時間を削らなくてはいけなかったし、食事をとるのももどかしかった。

座りっぱなしのせいで肩も腰も軋《きし》み、目を酷使しすぎたためか、慢性的な頭痛もした。

体はぼろぼろだったが、頭の中は不思議に冴《さ》えていた。

ついにラストシーンに入ったとき、イルゼは大きな河の流れに巻き込まれたように感じた。

自分が書いているというよりは、何者かに乗っ取られて書かされている感覚だ。

脳内で生まれる文章の速度に、手が追いつかない。

口元が小さく動き、登場人物の台詞を呟いていることにも気づかないまま、物語の収束に向

けて、ひたすらに文字を連ねていく。

最後の一文を書き上げたのは、締め切り前日の夕方だった。

もうこれ以上、何も書き加えることがない。

そう気づいて我に返り、放心する。

──できた。

──終わった。

──自分は生まれて初めて、一本の小説を書き上げたのだ。

「やった……──じゃないっっっ！」

万歳しかけた手で、イルゼは両頬をばしっと叩いた。

これはまだ、ノートに殴り書きしただけのものだ。

あちこちに二重線で消した箇所や、描写を書き足した跡があるし、応募原稿の体裁に整えるには、きちんと清書しなければいけない。

あと一日。

間に合うか。

念のために、今夜は劇場の仕事も休みをもらっているが──……無理なのでは？

絶望しかけたところで、部屋の扉がノックされた。

「イルゼ、俺だよ。集中してるところだったらごめん。……調子はどう？」

「フィエル様！」

「わっ⁉」

勢いよく開けた扉の先で、フィエルが大きく仰《の》け反《ぞ》った。

差し入れに持ってきてくれたのか、抱えた紙袋から焼きたてパンのいい香りがした。

「ど、どうしたの？　原稿は書けた？」

「書けました！　書けたんですけど！」

イルゼは早口に事情を説明した。事態を把握するなり、フィエルの顔つきが変わる。

「下書きを清書すればいいんだね？　それなら俺も手伝える」

とっさに断ろうとしたが、遠慮している余裕などないと気づいて頭を下げる。

「ありがとうございます、助かります！」

「とはいえ、二人だと心もとないな。あと一人くらい、助《すけ》っ人《と》がいるといいんだけど」

そのとき隣室の扉が開いて、ふわぁ……と欠伸《あくび》をしながら出てきた人物がいた。

今起きたばかりなのか、寝ぼけ眼《まなこ》のリアーノだ。寝間着替わりのようなワンピースに、ぶかぶかした毛編みのカーディガンを羽織っている。

「おはよー……あれ、その美形さんだぁれ？　イルゼの彼氏？」

違うと否定する前に、フィエルがリアーノに詰め寄った。

「ねぇ、君。今は暇？」

「やだ、彼女の前でナンパ？　悪い人だぁ」

ころころ笑うリアーノに、フィエルは真面目に言った。

「彼氏のいる子はナンパしないよ」

「なんで彼がいるって……あ」

フィエルの視線が首筋に注《そそ》がれているのに気づき、リアーノは肩をすくめた。

例のヒモ男と昨夜もお盛んだったのか、赤い鬱血痕がいくつも散っていた。

「今日は歌の仕事はお休みだから、うん、まぁ、暇かなぁ？　家に何もなくて、ご飯買いに行くところだったんだけど」

「お腹が空いてるなら、これ食べる？」

「あっ、ここのパン大好き！　もらっていいの？」

「いいよ。ついでに、イルゼの部屋でバイトしない？」

「バイト？　よくわかんないけど、お金くれるならやってもいいよー」

「ちょっと！」

簡単に丸め込まれるリアーノに、イルゼは焦った。気さくなのが彼女の長所だが、あまりにもちょろすぎる。

「今はなりふり構ってる場合じゃないだろ」

フィエルが真顔で振り返った。

イルゼが怯《ひる》むと、存外に険しい目をしていたと自覚したのか、ぱちぱちと瞬きする。

「ごめん。言い忘れてた」

柔らかな笑みとともに、改まって言われた。

「原稿完成おめでとう。きっといい作品になってるはずだから、今夜は皆で頑張ろう」

そんなわけで、リアーノまで巻き込んだ清書大会が始まった。

ノートをばらして前、中、後編に分け、それぞれをリアーノ、フィエル、イルゼが分担して書き写した。

イルゼが小説を書くことを知ったリアーノは、すごいすごいと興奮し、読み耽《ふけ》って手が止まりがちだったが、

「……なるほどね。主人公の絶望を伝えるのに、こういう表現もあるんだ」

などと、ときに鋭い横顔で呟いていた。彼女自身も曲を作り、歌詞を書く人間なので、創作意欲が刺激されたらしい。

恋人が戻る時間には家にいなければいけないからと、リアーノは途中で残念そうに帰っていったが、その晩は喘ぎ声は聞こえなかった。

「あたしも、今夜は新しい曲を書きたくなっちゃった」

と言ったとおり、恋人の誘いを撥《は》ねつけて、曲作りに没頭しているようだった。

二人になったイルゼとフィエルは、テーブルを間に挟んで、黙々と手を動かした。

切羽詰まっているはずなのに、イルゼは奇妙な穏やかさも覚えていた。

視線を上げればすぐそこに、文字を綴る真剣なフィエルの顔がある。

自分と同じようにペンだこのできつつある指が、痛々しくて、申し訳なくて、ありがたくて
――なんだか無性に愛《いと》おしかった。

（……やっぱり、私はこの人が好き）

改めて自覚しても、以前のように切ない気持ちにはならなかった。

何かを期待して、それが手に入らないときに、人はつらさや悲しみを感じる。

フィエルがそばにいてくれる日々が、永遠に続くと思い込みさえしなければ――いつか終わる時間だと割り切っていれば、今このときを大事にしようと素直に思えた。

やがて、白々とした朝が近づく。

フィエルが息をつき、小さな音を立ててペンを置いた。

「……終わった。イルゼは？」

「私ももう少しです」

フィエルとリアーノのおかげで、思ったより早く仕上がりそうだった。

初稿のときは夢中で書き飛ばした部分に、冷静な目で修正を加える。

高度を落として軟着陸するかのように、最後の一文をゆっくりと綴る。

「――できました」

これで、本当の本当にやりきった。きっと明日は腱鞘炎《けんしょうえん》だ。強張った右手首をさすりつつ、郵送では間に合わないだろうから、雑誌社に直接持ち込まないと——と思っていると。

「お疲れ」

フィエルの手が伸びてきて、目にかかった前髪を払ってくれた。

「有言実行だ。イルゼはすごいよ」

「そんな。全部、フィエル様のおかげで……っ」

テーブルごしに乗り出した彼に唇を塞がれ、声が途切れる。

触れ合ったのは一瞬きりで、唇は静かに離れていった。

性的な匂いのしない、ただ優しく労《ねぎら》うような、健闘を讃《たた》えるためのキスだった。

「少し眠って。起きたら一緒に原稿を出しに行こう」

「……はい」

我に返ると、自分の恰好が急に恥ずかしくなった。

徹夜のせいで髪の毛はぼさぼさ。目の下にはべったりとクマが浮き、ひどい顔をしているはずだ。

「イルゼ？」

「……あっ」

戸惑うようなフィエルの声に、自分が彼の袖を握りしめていたことを知り、イルゼの頭に血がのぼった。

キスされた瞬間、無意識にそうしていたようだが、これではまるで、続きをしてほしいとねだっているかのようだ。

「ごめんなさい。その……疲れてて」

「うん。疲れてるだろうって思ったから、俺も我慢するつもりだったんだけど」

フィエルが回り込んできて、イルゼの体を横抱きにした。

「なっ……何するんですか⁉」

「意外と力持ちでしょ、俺」

悪戯っぽく笑いながら、ベッドに横たえられる。

顔と顔を近づけられて、鼓動が大きく跳ね上がった。

「真剣に小説を書くイルゼって、すごく色っぽいんだよ。原稿が完成するまでは、邪魔しちゃいけないと思ってたけど……ちょっとだけこうさせて」

覆いかぶさってくるフィエルに抱きしめられ、額やこめかみにキスされる。髪に鼻先を突っ込まれて、すんすんと匂いを嗅がれる。

どぎまぎしながらも、じゃれ合いだけで終わるのならば——と好きにさせていたところ、下腹を押しつけられてぎょっとした。

「フィエル様、それ……っ」

「あー……やっぱ無理。こんなふうにくっついてると、したくなってくる」

互いの体の間に挟まれた雄の証は、すでに硬くなっていた。

(フィエル様だって、徹夜してくたくたなはずなのに……)

どうしてこんなに元気なのだろうとたじろぐ反面、連れ込み宿で交わったとき以来の体温に、イルゼの頬が火照っていく。

「わ、私……昨日はお風呂に入ってなくて」

「うん。それで?」

「その……いろいろと、キレイじゃないと思うので……」

「問題なのはそれだけ? そこさえ気にならないなら、俺としてもいいって思ってる?」

——その訊《き》き方《かた》はずるい、とイルゼは思った。

原稿を書き終えた解放感に、ややこしいことは何も考えられないほど疲弊した脳。

フィエルのぬくもりはただ心地よく、好きな人と密着していられることが嬉しくて、このまま流されてしまいたくなる。

「もう一度キスしていい?」

「ん、……ぁっ」

返事を待たずになされた口づけは、さきほどの清潔なものとは違った。

侵入した舌が口蓋《こうがい》を舐め上げれば、じんじんした喜悦が背骨を駆けて、体の芯が勝手に熱くなる。

「ぅく……ふ、んぅ……っ」

塞がれた口では呼吸ができず、甘い息が鼻に抜けた。

イルゼの理性が蕩《とろ》け始めるとともに、口内を掻き回す舌の動きも奔放になる。

指の背で耳朶《じだ》をくすぐられ、もう片方の手では腰の後ろを撫で回されて。

フィエルに触れられた場所すべてが信じられないほど敏感になり、どうにでもしてくれという気分になってしまう。

(そうよ……あれからずっと、「利子」の返済もしてないし……)

「観念した？」

力の抜けたイルゼを横向きに寝かせ、フィエルは背後からぴったりと寄り添った。

その状態のまま、大きな手が前に伸びてくる。服の襟ぐりから忍び込んだ指は、疼いて芽吹く胸の尖りを過《あやま》たず捉《とら》えた。

「ぁあっ……」

「今日まで頑張ったイルゼに、ご褒美をあげなきゃね」

よしよし、と子供をあやすように言いながら、乳首を丹念に揉み込まれる。

軽く摘んだと思ったら、きゅっと強めにひねられて、その痺れが消えないうちから、しこし

こと上下に擦られた。

「ん、ぁあ……っ、あ!」

膝と膝が擦り合わされ、スカートの裾が乱れた。

フィエルとこんな行為をするのは、初夜も含めてこれで四度目。

肌が馴染んだというほど回数を重ねたわけでもないのに、イルゼの愛欲を掻き立てる触れ方を、フィエルはとっくに知り尽くしていた。

そうしながら彼はぐいぐいと腰をせり出して、膨張した自身のものを、臀部《でんぶ》の狭間《はざま》になすりつけてくる。

「こうして、イルゼのお尻に押しつけてるだけでも気持ちいい」

「なんかそれ、いやらしいです……着たままって……」

いまさら何をという話だが、挿入するでもなく、衣服ごしに欲望を擦りつけられるのは、かえって妙な心地になってしまう。

摩擦の快感を得ているフィエルの息が、耳元でかすれているから余計にだ。

「じゃあ、脱いでもいい?」

「えっ……」

「うっかりこのまま出しちゃったら、下着も服も汚れるし。うん、そうしよう」

一人で頷く気配とともに、ごそごそと衣擦《きぬず》れの音がした。

振り返って確かめるのも躊躇《ためら》われたが、どうやらフィエルは下半身の衣服をすべて脱いでしまったようだ。

「イルゼもこのまま、下着だけ脱ごうか。この部屋寒いしさ。全部脱いだら風邪ひいちゃうかもしれないし」

暖炉なんて上等なものはない部屋だから、そう言われると反論できない。

スカートがめくられ、ひんやりした外気を腿に感じたと思ったら、フィエルの指があっという間に下着を引き下ろした。

「片脚立てて。……そう。イルゼの脚、すべすべして気持ちいい」

感触を愉《たの》しむように膝や内腿をさする手が、次第に核心へと近づく。

薄い和毛《にこげ》を掻き分けられ、指があわいに添えられると、イルゼは息を詰めた。

「あれ？　もう音がする」

秘裂の表面を、フィエルの指が前後に滑る。

中から溢れた体液が、その動きをなめらかに助長し、早朝の部屋にくちゅくちゅと密《ひそ》やかな音が響いた。

「これならすんなり入りそう」

「んぅんっ……！」

中指がぬるりと割れ目に沈み、円を描《えが》くように動いた。濡れ襞を広げられ、粘膜を擦られる

たびに、剥き出しの腹部がひくひくと波打つ。

快感に身を仰け反らせると、フェイルの肩に頭が当たった。

イルゼの頭頂部にキスした彼は、片方の手で乳房をやわやわと採みしだいてくる。

「おっぱいも一緒に可愛がってあげるね」

「あっ、……はぁ、ああっ……あ……」

決して豊かではない胸なのに、快感を拾う度合いは大きさとは関係ないらしい。

ミルク色の膨らみがフィエルの指で形を変え、卑猥に撓《たわ》まされる。

親指と人差し指でひねり出された頂は、熟したラズベリーのように赤く実って、発情の徴《しるし》を伝えていた。

「おっぱいとあそこ、同時に弄《いじ》られるの気持ちいい？」

「ん……ふ……んうう……」

両手を口で塞ぎながら、イルゼは何度も頷いた。

恋心を自覚したせいか、フィエルに触れてもらえること自体がただ嬉しい。

彼がこんなことをする相手は、自分だけではないのかもしれないけれど、今だけは何も考えずに身を委《ゆだ》ねていたかった。

「よかった。――じゃあ、もっとたくさんしてあげる」

「ふぁあっ……！」

乳首をすり潰すように刺激され、蜜洞《みつほら》に潜《もぐ》る指が二本に増えた。

圧迫感を増したものが、臍の裏にある快感の源をぐいっ、ごりっ、と押してくる。

抗《あらが》いようのない愉悦が体内で膨らみ、イルゼの腰はがくがくと震えた。

「だめ……それだめ、です……っ」

「気持ちよくないの？　イルゼの中、うねうねして悦《よろこ》んでるのに？」

「いい、から……気持ちいいから、だめぇ……っ！」

耳元で囁かれる声に羞恥を煽られ、乳首と蜜壺を刺激し続ける指に、体温が上がって寒さも忘れる。

彼の言葉どおり、二本の指を迎え入れた膣壁は、柔らかくうねりながら絡み、与えられる快楽を貪《むさぼ》っていた。

「あっ、あ……あ、はぁあっ……」

フィエルが手首を使い、大きく指を出し入れしてくる。

男根の抜き差しを思わせる動きに、イルゼの胎《はら》はいっそう熱を溜め込み、やがて臨界点に達し――弾けた。

「ひぃ、ぁあああぁっ――……！」

下腹が強烈に突っ張り、呼吸が途切れる。

どぷ、と音を立てる勢いで溢れた蜜が、絶頂を迎えた花筒《はなづつ》から、とろとろとだらしなく流れ

出していった。

「達《い》けた？　いつもよりすごい量漏らしちゃったね」

フィエルが笑い、指をちゅぽんと引き抜いた。

ずぶ濡れになったイルゼの股間に、己の雄芯を滑り込ませてくる。

そのまま挿入されるのかと身構えたが、フィエルは予想外の行動に出た。

花唇《かしん》の間に肉棒の表面を押し当て、イルゼの両腿を閉じさせると、ぬっちゃぬっちゃと腰を前後させ始めたのだ。

「これ、素股っていうんだけど」

「すま、た……？　あっ……あぁんっ……」

「イルゼのここがどろどろだから、入れてないのに入ってるみたいだ」

内腿に挟まれながら大きく引かれ、突き出される剛直は、愛液にまみれて艶《なま》めかしくぬめっていた。

丸々と膨らんだ亀頭が花芽《はなめ》に当たり、にちにちと擦りあげてくるせいで、イルゼは新たな喜悦にのたうつことになってしまう。

「ああっ……それ、擦れて……やぁあ……」

「何がどこに擦れてるの？」

「フィエル様の、先っぽが……あっ、あっ……私……わたしの……」

「前に教えたよね。この真っ赤になって尖ってるとこ、なんて言うの？」

「んっ……ク……クリトリス、です……っ……」

「よく覚えてたね。俺の先っぽがイルゼのクリトリスに擦れて、気持ちいいんだ？」

「そう……ぁあぁあっ、気持ちいい……私の、クリトリス……フィエル様の先っぽで擦られて、すごく、すごく気持ちい……っ！」

すでに一度達し、快楽漬けにされたイルゼは、自分が何を口走っているかもわからない。

そんなイルゼをしっかと抱き込み、腰を小刻みに動かしながら、フィエルは楽しげに独りごちた。

「普段はしっかりしてるのに、ベッドの上じゃこんなふうにぐずぐずになっちゃって……この落差、たまんないな」

「ああぁあっ、あ……やぁんんっ……」

「原稿が書き上がるまではって、気を張ってたんでしょ。その分、何もかも解放しちゃって。

――俺の前だけで、いっぱい乱れて」

「あ、ああ……い、ああぁあっ……！」

身悶えるイルゼを追い立てるように、フィエルの舌が項《うなじ》を舐め上げ、不埒《ふらち》な指が乳首をくりくりとくびり出す。

素股を続けられながらも、餓《かつ》えに近い疼きに子宮がきゅうきゅうした。

迷子になったような心細さで、イルゼは背後の彼に訴えた。

「フィエル様……やあっ、これ嫌……」

「嫌？　どうして？」

「中が、寂しくて……すごく……切ない……っ」

この状態でも気持ちがいいにはいいが、やはりフィエルの雄々しい熱芯を、体の内側で感じたかった。

「俺だって、イルゼとひとつになりたいよ」

イルゼの耳元で、欲情にかすれた声がした。

「俺のが欲しい？　イルゼが欲しがってるってこと、ちゃんと聞きたい」

「欲し……フィエル様、来て……私の中に、お願い……来て……っ」

「じゃあ、このまま入れるから。もう一度脚上げて……うん……行くよ」

「あ――っ、や……入って……あああぁんっ……！」

これ以上ないほど熱くなった楔が、イルゼの内部をひと息に穿《うが》った。

蜜洞《みつほら》に渦巻いていた切なさが、たちまち甘やかな歓喜に塗り替えられる。

フィエルがいる。

自分の中にいる。

その実感に悦《よろこ》びが沸き立ち、蜜壺が雄茎《おすぐき》をぎゅむぎゅむと食い締めてしまう。

「ちょっと動きづらいけど、これはこれで……っ」

イルゼの片脚を持ち上げたフィエルは、ぱっくり開いた股座《またぐら》に、長大な屹立をずるずると出入りさせた。

「あぅ、う、ぁあっ……あーっ……！」

これまでにない繋がり方に、いつもとは違う場所が擦れる。

彼の言うとおり、これはこれで新鮮な感じがたまらない。

「ここ、俺の当たってる？」

フィエルはイルゼの下腹を押さえ、裏側からごつごつと突き上げる自身の動きを確かめた。

「あっ……当たってます……うっ、んんんっ……」

「こんな奥まで届くんだ……苦しくない？　大丈夫？」

「だい、じょ……っ……ああ、あああぁ！」

奥まで押し込められて揺さぶられ、声が高く裏返る。

フィエルが媚壁《びへき》を擦り上げるたびに、繋がった部分からきりもなく蜜が溢れた。

「……イルゼの中、すごくあったかい」

腰骨を撫でるフィエルの手が、体の前面に回された。

「君の大好きなここも、ちゃんと触ってあげるから」

「……っ、待って……！」

　イルゼは身を引き攣《つ》らせた。

　フィエルの指が恥丘《ちきゅう》に達し、濡れそぼった茂みを掻き分けて、秘玉《ひぎょく》をこりこりと弄《もてあそ》び始めたのだ。

「ふっ……んん、ふ、んぅ……！」

　傍若無人な指先が、花芽の根本を摘んで細かな振動を加えてくる。

　朱鷺《とき》色の包皮を丁寧に剥《む》き上げ、敏感な一点に愛蜜をまぶして、ゆるゆると押し回した。

「だめ……中、入ってるのに、そんな……されたら……！」

　外側からの甘美な痺れと、内側を摩擦される濃密な愉悦。

　二重の快感がイルゼを取り巻き、全身がびくびくと打ち震えた。

「ご褒美あげるって言ったでしょ」

　イルゼの耳元で、フィエルは柔らかく告げた。

「今日はイルゼをとことん気持ちよくさせたい。俺に君を甘やかさせて」

「でも……っ、これ、利子、なのに……」

　フィエルが望むのならば、体で利息を払うと決めたのに。

　一方的に感じさせてもらうのでは、イルゼばかりが得をすることになってしまう。

「利子？」

　なんのことかと訊かれるが、説明している余裕はとてもなかった。

「フィエル様にも……気持ちよくなって、もらわ、ないと……っ」

息を切らしつつ言えたのはそれだけで、フィエルが「ああ」と笑う。

「そんなこと気にしてくれてたの？　心配ないよ。俺もすっごく気持ちいいから」

「っ、ひぁ……！」

一日完全に引き抜かれ、間を置かずねじ込まれた欲芯に、目の前がちかちかした。

過ぎる快感に下肢《かし》をひねれば、逃がさないとばかりにフィエルの腰が追ってくる。

猛々《たけだけ》しい肉塊がイルゼの秘部をくまなく暴き、ぐっちゅぐっちゅと刺し貫いた。

「フィ、フィエル様……っ……もう、やめ……ああっ、ぁっあっ」

気持ちよすぎておかしくなる。

いやもう、自分はとっくにおかしくなっている。

蜜路を遡《さかのぼ》る灼熱《しゃくねつ》を食い締め、アパートの壁が薄いことも忘れて、イルゼはみだりがましい声を張り上げた。

絡まり合う蛇の交尾のように、長々とした情交が続くも、やがて体力は限界に達し、喜悦の極みが見えてくる。

「ああっ……いっちゃう……いくから……許してぇ……」

「達ってもいいよ。その分、最後にちょっとだけ激しくさせて」

「え、ぁう、嘘っ……!?」

最奥を切っ先でぐりっと抉《えぐ》られ、まだ余力を残していたフィエルに愕然《がくぜん》とした。

抽挿《ちゅうそう》の間隔が恐ろしく速まり、ぱんぱん、ぱんぱんっ！　と陰嚢《いんのう》が濡れた会陰《えいん》を叩く。

楽器の弦を掻き鳴らすかのごとく、陰核を巧みに弾く指に、溜まりに溜まった愉悦が盛大に弾け散った。

「……ああ、はぁぁう……っ――――！」

煮えたぎる溶岩のような恍惚《こうこつ》に、何もかもを焼き尽くされて昇りつめる。

汗だくになったイルゼを後ろから抱きしめ、フィエルも息を凝《こ》らした。

「……っ、く……出る……っ」

痙攣する膣内に留まりたがっているように、亀頭がぶるるっと戦慄《わなな》いた。

暴発するそれは、すんでのところで引き抜かれ、イルゼの丸い尻にどくどくと精の飛沫《しぶき》を撒《ま》き散らす。

ねっとりした温もりを肌に浴びせられながら、快楽と疲労に揉みくちゃにされ、イルゼの全身が弛緩《しかん》した。

「イルゼ……」

背中に当たるフィエルの胸から、早鳴る鼓動が直に伝わり、首筋に熱い吐息を感じる。

意識が闇に溶ける直前、

「――好きだよ」

と囁く声を聞いた気がしたが、なんて都合のよい幻聴だろうと、イルゼは自嘲の笑みを浮かべて目を閉じた。

第七章　目指しましょう、どん底からの一発逆転

その日のイルゼは朝からそわそわしていた。

正確には前夜から——もっと言えば、数日前から何をしていても落ち着かず、気もそぞろになりがちだった。

それでも仕事に支障をきたしてはいけないと、『小鳩亭』では、なるべくいつもどおりに振る舞った。

次々に入る注文を厨房に伝え、出来上がった料理を運び、汚れた食器を回収し、ランチタイムが終わって客が引いたあとは、皿洗いにかかるつもりだったのだが。

「もういいよ、イルゼちゃん」

イルゼが洗い場に立とうとすると、店の主人が言った。

「例の雑誌の発売日、今日だったろ」

「早く結果を知りたいんじゃないかい？　あたしたちも楽しみにしてるんだからさ！」

女将も近づいてきて、イルゼの肩をぽんと叩いた。

その掌の温かさに、胸がいっぱいになる。

「ご主人も女将さんも……本当にありがとうございます」

深々と頭を下げながら、イルゼは今日に至るまでの出来事を――とりわけ、締め切り当日のことを思い出す。

原稿を仕上げた『ご褒美』にフィエルと睦み合ったあと、イルゼは夢も見ずに爆睡した。

昼過ぎに目覚めたとき、頭は嘘のようにすっきりしていた。

フィエルも狭いベッドで体を折り曲げながら眠っており、イルゼが起きる気配に気づいて目を覚ました。二人して交互に顔を洗い、昨日の残りのパンを食べ、封筒に入れた原稿を持って外に出た。

あの日の空は、やたらに青く見えた。

夜は劇団の仕事に赴くものの、昼間は家にこもって原稿を書く生活を続けていたせいで、太陽の光が無性に眩しかった。

原稿の受け渡し自体は、至極あっさり終わった。

本や雑誌を作っている編集部を覗けるかもしれないと、イルゼは内心でどきどきしていたが、出版社の受付で来意を告げると、その場で原稿を預かられて帰されたのだ。

『拍子抜けだったね』

『はい。でも、やれることはやりましたから』

建物を出たところで顔を見合わせ、どちらからともなく笑う。

『本当にありがとうございました。フィエル様がいなかったら、私……』

『これ以上、お礼はいいから』

フィエルはイルゼの言葉を遮った。

『あの原稿を本の形で読めるようになるのが、何よりの恩返しだよ。だからあえて、清書のときも最後までは読まなかったんだ』

『……買いかぶりが過ぎます』

面映《おもは》ゆさで彼の目を見られなくなる。

書き手であるイルゼはいまだに自信がないのに、フィエルは本当にあの作品が受賞し、出版されると思っているのだ。

『大丈夫。きっといい結果になるから』

きっぱりと言い切ってくれる力強さが嬉しかった。

そのせいか、応募から時間が経つにつれ、イルゼも多少は自惚《うぬぼ》れた。現実主義者らしくもない、「たら」「れば」の夢を見た。

もし本当に受賞してしまったらどうしよう。

千スロンもの賞金があれば、今より広い家にも住めるし、母を病院から引き取って一緒に暮らせるようになるかもしれない。

娘の名前が有名になれば、行方知れずの父だって戻ってきてはくれないだろうか。

自分の作品が活字になり、見ず知らずの誰かに楽しんでもらえることを想像すると、心がふわふわした。

万一ファンレターなどが届いたら、舞い上がるどころではないだろう。もらった手紙の倍の分厚さで、相手が引くくらいの礼状を書いてしまいそうだ。

そんな期待が高まりに高まった今日は、選考の途中経過がわかる日だ。

一次選考通過者の名前と作品名が、雑誌に掲載されるのだ。

店主夫妻に送り出され、『小鳩亭』を飛び出したイルゼは、王都で一番大きな書店へ走った。中に入るなり、目当てのものを探して視線がさまよう。

（……あった！）

売り場に積まれた雑誌を見るだけでじりじりし、その場でページを開きたいのを堪えて、慌ただしく会計をすませた。

逸《はや》る胸に雑誌を抱えて店を出ると、そこには見慣れた顔があった。

「気になって来ちゃったんだけど、迷惑？」

「いいえ」

不安そうに尋ねるフィエルに、イルゼは首を横に振った。

いい知らせでも悪い知らせでも、きっと一人では受け止めきれない。彼が一緒にいてくれた

ら、どれほど心強いか知れない。

近くの公園へと足を向け、ベンチに座ると、イルゼは深呼吸した。

隣のフィエルも同じように緊張しているのを感じると、少しだけ落ち着くことができた。

まずは目次を見て、経過発表のページがどこにあるのかを確認する。

汗ばむ手に紙が纏わりつき、かえってめくりにくい。

「そこだ」

肝心のページに達し、横から覗き込んだフィエルが、思い直したように身を引いた。

「ごめん。俺が先に見ちゃ駄目だね。まずはイルゼが自分で確かめて」

「……ないです」

「え？」

「私の名前、ありません。作品名も――……」

乾いた声で口にしながら、目の前がみるみる暗くなる。

そのページには、今回は三百編超えの応募があり、一次通過者は三十名だと書かれていた。

およそ十人に一人が第一関門を突破した計算だ。

三十人程度の名前は、十数秒もあれば確認できてしまう。

ない。

何度確かめたところでイルゼの名前も、『追われる騎士と捨てられ姫』という作品名も載っ

ていなかった。

「嘘だ」

フィエルが信じられないというように呟いた。

「何かの間違いだよ。今から出版社に行って問い合わせよう。きっと誤植か、もしかしたら、受付の人が編集部に原稿を渡し忘れたのかも」

「やめてください」

今にも駆け出していきそうなフィエルの腕を、イルゼは掴んで止めた。

そんなことをされたら、恥の上塗りだ。

「私の力が足りなかっただけです。当然ですよね。初めて書いた小説で受賞しようなんて、そんな図々しいこと……」

平然と喋っているつもりでも、声はみっともないほど震えていた。

あれだけ頑張ったのだから、少なくとも一次選考くらいは通るだろう。

どこかでそんな慢心があったことに気づいて、穴があったら入りたい。

「ごめんなさい。フィエル様にあんなに……あんなに、協力してもらったのに……」

「イルゼが謝ることなんてない！」

必死に訴えるフィエルの声も、ろくに耳に届かなかった。

さっきまでは、たとえ悪い結果でも、彼がいてくれれば大丈夫だと思っていた。それは勘違

いだった。

イルゼなりに全力を尽くして戦い、顔の見えないライバルたちに負けた。

どれほど悔しくても情けなくても、これは自分一人で受け止めるしかない痛みだ。

「もう小説は書きません」

血の噴き出す傷口に、駄目押しで刃物を突き立てるように宣言した。

こんな惨めさを二度と味わわなくていいように、未練を断ち切ってしまいたかった。

「馬鹿な夢なんて見ないで、また地道に働きます。――今日も劇場の仕事がありますので、これで」

立ち上がったイルゼを、フィエルは悲しげに見上げた。

かける言葉が見つからないのか、眉尻が下がって、彼のほうが泣きそうだった。

（……やっぱり、フィエル様は優しい人だわ）

イルゼは頭を下げ、踵《きびす》を返した。

小脇に抱えた雑誌は、見ているだけでも苦しくて、途中にあったごみ箱に投げ入れた。

ずっと追いかけている連載もあったし、好きな作家の書き下ろし短編も載っていたのに。

活字中毒であり、もったいない精神の権化《ごんげ》でもあるイルゼが、未読の雑誌を捨てるなんて、生まれて初めてのことだった。

弱り目に祟《たた》り目《め》。

踏んだり蹴ったり。

一難去ってまた一難。

その日のイルゼの運命を喩《たと》えるならば、まさにそんな言葉がふさわしい。

せっかく地道に働こうと決めた端から、雇い先のひとつである『群青』の存続が危うくなってしまったのだ。

◆◆◆

「……えっ、劇団解散⁉」

「解散っていうか、買収。ベナール伯爵の出資が本決まりになって、これからの『群青』は、あの金髪女を主役にした芝居を打つための劇団に生まれ変わるってわけ」

だけど、実質解散か——とサヴィは溜め息をついた。

二人が話をしているのは、イルゼのアパートだった。

一刻ほど前、イルゼが劇場に辿《たど》り着《つ》くと、

「諸般の事情のため、本日より公演中止（再開未定）」

と書かれた紙が立て看板に貼られていた。

事情とやらがわからず戸惑っていると、裏口から荷物を抱えたサヴィが出てきた。

『ああ、イルゼ』

妙にさっぱりとした顔でサヴィは言った。

『よかった、会えて。もしかしたら、もうこれきりかもって思ってたから』

『公演がなくなったって、どういうこと？』

『役者たちのストライキ』

『え？』

『私を含めたほとんどの女優が、今日付けで退団したんだ。やることないし、イルゼも帰っていいよ。中では、シリンがめちゃくちゃ責められてててド修羅場だから』

『退団って……何があったの⁉』

『説明するから、やけ酒付き合ってくれる？　よかったらイルゼの部屋で飲もうよ。迷惑かもしれないけど、最後だから甘えさせて』

来てもらうのは構わないが、『最後だから』という言葉が気になった。

かくしてイルゼの部屋で、夕食を兼ねた酒盛りが始まったわけだが。

「パトロンになるにあたって、ベナール伯爵が出した条件ってのが、女優を全員解雇するか、裏方に回せってことだったたんだ。舞台に上がる女は、あの愛人一人でいい。彼女を引き立てるために、私たちはお払い箱ってわけ」

「シリンがその条件を呑んだの？」

「劇団存続のためには仕方ないって。男優たちはそれでもいいかもしれないよ。だけど私たち女優は、演じる場がないんじゃ話にならない。他の劇団に移るって息巻いてる子もいたけど……私は、ちょっと疲れた」

椅子に座ったサヴィは、生《き》のままのウイスキーをぐっと呷《あお》った。

「いつかはヒロインを演じたい。それまでは絶対あきらめないって踏ん張ってきたけど。女優としちゃもう若くもないし、最初から向いてなかったんだと思う」

「サヴィ……！」

イルゼは椅子をがたっと鳴らし、立ち上がった。

やるせなさそうに笑うサヴィを見ていたら、言葉が溢れて止まらなかった。

「私も今日、同じこと思ってた。小説書くの向いてなかったって。才能もないくせに、何を勘違いしてたんだろうって」

「小説って、こないだ応募したあれ？　結果が出たの？」

一次選考も通らなかったことを告げると、サヴィは痛ましげな目をした。

「イルゼは頑張ってたよ。えらいよ——って、こんな慰めしかできなくてごめん。頑張っても結果に繋がらないんじゃ意味ないって、私も痛感したばっかりなのに」

そのとき、部屋の扉がコンコンと鳴った。

あたりを憚《はばか》るような小さな声とともに。

「イルゼ、いる？　……あたし」

「リアーノ？」

イルゼは椅子から腰を浮かした。

誰なのかと目で尋ねるサヴィに、

「隣に住んでる女の子。歌姫やってるの」

と説明し、招き入れた瞬間に目を瞠《みは》った。

「どうしたの、その顔⁉」

リアーノの右目は青く腫れ上がり、唇の端が切れていた。鼻から出血もしたのか、乾いた血が口の上にこびりついている。

「あのね、テオが酔っぱらって……歌を聴きにきてくれるお客さんと、あたしがデキてるんじゃないかって疑って」

悲惨な顔で、リアーノはいつものように笑おうとした。

途中で表情が歪み、無事なほうの目からぼろぼろと涙が零れた。

「ち、違うって言っても聞いてくれなくて……っ、ふて寝してる隙に出てきたの……これじゃ仕事にも行けないし、今夜だけここにいてもいい……？」

「もちろんよ。サヴィ、リアーノのこと頼んでいい？　私、薬を買ってくる」

本当は医者に行ったほうがいいのだろうが、おそらく診療時間は終わっている。薬局なら、まだぎりぎり開いている店があるかもしれない。

部屋を飛び出し、アパートの階段を駆け降りたところで、イルゼはたたらを踏んだ。

「何度もしつこくてごめん」

街灯の明かりに照らされたフィエルが、ばつが悪そうに謝った。

「イルゼが落ち込んでるんじゃないかって心配で。訪ねていこうか迷ってたんだけど、迷惑なら帰るから」

「よかったです、会えて！」

イルゼは思わずフィエルの手を掴んでいた。

「私の部屋にサヴィとリアーノがいるんで、一緒に待っていてくださいますか？　実は、リアーノが恋人に殴られて怪我をして」

事情を手短に話すと、フィエルの顔が一気に険しくなった。

「何だそれ。そんなクズが隣に住んでるなんて……リアーノは大丈夫なの？」

「骨が折れたりはしてないみたいですけど。もしかしたら、その男が居場所を嗅ぎつけて乗り込んでくるかもしれませんから」

「わかった。君の友達は俺が守るから安心して。暗いからイルゼも気をつけてね」

フィエルの声を背中に、イルゼは夜道を走った。幸いにして閉店間際の薬局に駆け込み、湿

布と痛み止めを買うことができた。

急いでアパートまで取って返すと、リアーノはいくぶん落ち着いていた。

サヴィに肩を抱かれてベッドの上に座っており、イルゼに手当てをされながら、「ごめんね」と改めて謝った。

「サヴィさんに聞いたの。今日はイルゼも大変な日だったんだね」

「私たち、三人ともさんざんだね……って話をしてたところだよ」

もはや笑うしかないというように、サヴィが肩をすくめた。

サヴィは劇団での居場所をなくし、リアーノは恋人に暴力を振るわれ、イルゼは渾身《こんしん》の作品が落選した。

事情はそれぞれだが、どん底状態の女三人が揃ったのは、一体なんの因果だろう。

「とりあえず、リアーノ。君は恋人から距離を置いたほうがいい」

椅子に腰かけたフィエルが、おもむろに言った。

「俺の屋敷には空き部屋がたくさんあるから、しばらくそこで暮らすといいよ。歌の仕事に行くときは、使用人の誰かを護衛につけさせるから」

「お屋敷？　使用人？　……フィエルって、もしかしてお金持ちなの？」

「オルランド侯爵のご子息よ」

イルゼが小声で告げると、リアーノは目に見えてびっくりしていた。

よく考えれば彼女には、自分が元子爵令嬢であることも話していなかった。

「そういえばシリンは、フィエル様のことも狙ってたんだよね」

サヴィの呟きに、フィエルが「えっ?」と反応する。

「シリンが? 悪いけど、俺はそっちの趣味は……」

「そうじゃなくて、パトロンとしてって意味で。ベナール伯爵が現れる前は、フィエル様が出資してくれるんじゃないかって期待してたみたいです。あてが外れて、悪態をついてるのを聞いた頃から、『この人の下にいても駄目だ』って思い始めたんですけど」

「俺がお金を出せば、『群青』は元の形で続いてたってこと?」

困惑するフィエルに、サヴィは慌てたように言った。

「気にしないでください。変なこと言ってすみません。ベナール伯爵に頼るしかなくなったのは、劇団自体が迷走を始めたからです。……私も、その原因を作った一人です」

サヴィは唇を噛み締めた。

「シリンが芸術家として腐っていくのを、間近で見てたのに止められなくて。尊敬してた頃のあの人に、いつか戻ってくれるんじゃないかって。田舎から出てきたばかりの私に、役者の才能があるって、最初に言ってくれたのは彼だったから」

サヴィにしては湿っぽい口調に、イルゼはふと思った。

もしかすると、彼女とシリンの間には昔、男女の関係があったのかもしれない。

変わってしまったシリンに腹を立てているというよりは、悲しみや失望をより強く感じる。

「あの言葉を真に受けて今日までずるずるしてたけど、これが潮時なのかなって。親も田舎に帰ってこいってうるさいし」

「本当にこのままやめちゃうの？」

イルゼはやきもきした。

自分の勝手な気持ちでしかないとわかっていても、言わずにはいられなかった。

「サヴィのお芝居、私はもっと見たいのに。絶対、主役になれるだけの実力があるのに！」

「ありがたいけど……言ったよね。私はヒロイン向きの女優じゃないんだって。身長は無駄にあるし、声は低いし、そこらの男優より男らしいって言われるし」

「それなら――いっそ、男役は⁉」

ひらめくと同時にイルゼは叫んだ。

「前に話してたでしょ？　お芝居の魅力は、自分じゃない自分になれることだって。年齢も性格も身分も、まったくの別人を演じるほどやりがいがあって面白いって。だったら、女性が女性の役しか演じちゃいけないなんてことはないはず。舞台の上でなら、性別を超えたって構わないはずよ」

「男役？　……私が？」

ぽかんとするサヴィを前に、イルゼは夢中だった。

「いっそ、『群青』を辞めた女優を集めて、女性だけの劇団を作るのはどう？　サヴィは皆に慕われてるし、役者をしながら座長や演出だってできると思う」

「自分たちで作る、女だけの劇団……――」

サヴィは呟き、黙り込んだ。

その沈黙は戸惑いのしるしではなく、具体的な展望を描く興奮によるものだと、彼女の目を見ていればわかった。

「だったら、脚本はイルゼで決まりだね！」

「は？」

立ち上がったサヴィに手を取られ、イルゼは面食らった。

「小説が書けるってことは、お話が作れるってことだろ。私は演じるばっかりで、そっちの方面はさっぱりだから。今度こそ、信頼できる仲間と芝居作りをしたいんだ」

「でも、私の書くものなんて、編集者にはまったく相手にされなかったわけだし……」

「そうかなぁ」

口を挟んだのはリアーノだった。

「清書しながら思ってたけど、イルゼの小説は面白いよ。あの続き、今読める？　あたしが写したのは最初のほうだけだから、先が気になってたの」

「そうだよ。私にも、書き上げたら読ませてくれるって約束だった」

「俺だって気になるよ。ラストシーンはまだ読んでないけど、今日の結果が公正な評価だったとはどうしても思えない」

三人に寄ってたかって言われ、イルゼはやけっぱちに叫んだ。

「ああもう、わかったから！」

どうせ落選した原稿だ。

最後まで目を通してくれたのは、下読みの編集者一人きり。あるいは冒頭だけで「ものにならない」と読み捨てられた可能性を思うと、せっかく書いた物語が哀れでもある。

遺体に花を手向《たむ》けてもらうような気持ちで、イルゼは下書きのノートを取り出した。

顔を突き合わせてページをめくる三人をよそに、ウイスキーの残りを呷《あお》る。自分の書いたものを目の前で読まれる状況に、とても素面《しらふ》ではいられなかった。

ウイスキーを飲み干し、次は赤ワイン。その次は白ワイン……と酒瓶を空にしていくうち、意識がふわふわしてきた。ろくに食べ物も口にせず、種類の違う酒を立て続けに飲んでいるのだから当然だ。

そうして、どれくらいの時間が経ったのか。

「うわぁん、よかった！　ほんとによかった！　二人が幸せになれてよかったよぉお……！」

「イルゼ、あんた天才！　これはもらった！　この小説を舞台化すれば、拍手喝采間違いなしだよ！」

気づいたときにはリアーノが号泣し、サヴィが拳を突き上げていた。

二人に左右から抱きつかれて揺さぶられ、頭も視界もぐらぐらする。

「え？　え？　なに？　ぶたいか？」

「『追われる騎士と捨てられ姫』を脚本に書き換えて、舞台で演じたいって言ってるんだよ、サヴィは」

状況のわからないイルゼに、フィエルが噛み砕いて教えてくれる。

ノートを手にした彼の目は、かすかに潤んでいた。

「やっぱり、思ったとおりに面白かった――いや、想像以上に面白かった。どんな形であれ、これは世に出すべき物語だよ」

――面白かった。

それを聞くなり、酩酊していた意識がふっと明瞭になる。

技巧を尽くした誉《ほ》め言葉や、専門家からの評価よりも、率直なひとことが嬉しかった。

フィエルもサヴィもリアーノも、おべっかを言うような人たちではない。

その彼らが、自分の書いたものを求めてくれるのならば――。

「……わかった」

「いいの⁉」

「できれば、脚本化する作業は私にやらせて。目で読む文章と実際に声に出す台詞とじゃ、言

い回しも違ってくると思うし」

「お願いできるなら、もちろん！」

サヴィは喜色満面で頷いた。

その傍らでリアーノが、イルゼの腕を摑んで引っ張る。

「ねぇ、あたしは？　あたしにも何かできることない？」

「だったら、リアーノには歌を作ってほしいわ」

今夜のイルゼはやたらと冴えていた。

初めは思いつきで口にしていたが、アイデアが後からどんどん湧いてくる。

「女性だけの劇団だし、歌や踊りをたくさん入れて、華やかな演出にしたらいいんじゃないかって思うんだけど……どう、サヴィ？」

「それいい！」

サヴィがぱちんと指を鳴らした。

「どうせなら、リアーノも舞台に出てよ。ヒロイン役で」

「あたしが？」

「歌姫やってるくらいなら、人前に出るのも得意だろ。私がヒーロー役をやるなら、身長差もぴったりだし。ほら、こうしてお姫様抱っこもできる！」

「きゃぁあんっ！」

いきなり横抱きにされ、リアーノは黄色い悲鳴をあげた。

傷だらけの顔にもかかわらず、花が咲いたように明るく笑った。

「やるやる！　サヴィさんかっこいいし、歌だってばんばん作っちゃう！　イルゼの小説読みながら、インスピレーション刺激されまくりだったし！」

とんとん拍子で話がまとまっていく中、フィエルが苦笑した。

「俺だけ蚊帳《かや》の外って感じで寂しいなぁ」

「すみません、フィエル様。その顔なら看板役者になれるところなんですけど、これは女性だけの劇団なので」

謝るサヴィに向けて、フィエルは「無理無理」と手を振った。

「俺、演技なんてできないもん。嘘だって全然つけない性格だし。――それはそれとして、立候補してもいい？　君たちの劇団のパトロンに」

「「「えっ？」」」

女三人の声が揃った。

呆気にとられるイルゼたちに、フィエルは言った。

「芝居を打つなら劇場を借りなきゃいけないし、宣伝だって必要だろ。華やかな舞台にするなら衣装や小道具にも凝《こ》りたいだろうし、裏方だって雇わなきゃ。そのためのお金を俺に出させてくれないかな」

「それは、助かりますけど……」

サヴィが迷うようにイルゼを見た。

イルゼも同じく戸惑っていた。劇団の成功を願うなら、フィエルの申し出はぜひとも受けるべきなのだろうが。

（……今日の私たちがあんまりにもボロボロだから、フィエル様は同情してくれてるの？）

「勘違いしないでほしいんだけど、これは同情じゃないし、道楽でもない」

イルゼの考えを察したように、フィエルが言った。

「今、貴族たちの間では演劇が大流行してる。観客として楽しむだけじゃなく、自分が見出《みいだ》した劇団を支援することも含めてだ。ベナール伯爵もその流れに乗って、『群青』のパトロンになったんだろう？」

サヴィが頷くのを見て、フィエルは続けた。

「つまり、これはビジネス。投資なんだ。女性だけの劇団なんて前代未聞だし、評判になる可能性は十分ある。成功すればもちろん見返りをもらうし、儲けはきっちり分配しよう。弁護士を通じて契約書を作るから、サインしてくれる？」

「……はい」

呑まれたようなサヴィの隣で、リアーノが能天気に言った。

「楽しかったらなんでもいいよー！」

リアーノにつられ、イルゼはつい噴き出した。

ただ楽しければいいなんて、合理主義者のイルゼからすれば理解し難《がた》い考えだ。

フェイルの「投資」に至っては、ほとんど「博打《ばくち》」と意味が変わらない。

けれど。

（その博打、勝たせてあげたい――ううん、勝ちにいきたい）

自分のためではなく、関わってくれる皆のために。

お酒のせいだけではない火照りに包まれ、胸の奥に、闘志の炎が確かに灯った気がした。

◆◆◆

劇団・風切羽《かざきりばね》　第一回旗揚げ公演　『追われる騎士と捨てられ姫』

日程：七月二十日～七月二十八日
※各日、十八時より開場。十九時より開演。
会場：五番街シアター中ホール
出演：騎士エレン…サヴィ・ファウラー

王女ラーナ…リアーノ・イネス
ラーナの継母…ロティ・メイソン
王子キース…アリー・ミルズ
（他、アンサンブル）
脚本：イルゼ・スタンリー

【あらすじ】

ひょんなことから殺人の罪をなすり付けられ、国を追われることになった騎士エレン。

国境の森に迷い込んだ彼は、ラーナと名乗る浮世離れした美少女に出会う。

実はラーナは某国の王女だったが、継母の奸計《かんけい》により殺害されかけ、ショックで記憶をなくしたところを捨てられたのだった。

元騎士と記憶喪失の王女は恋に落ちるが、二人を引き裂く追っ手が迫る。

さらにはラーナの婚約者だという、ナルシストなキース王子も現れて――？

新生劇団、『風切羽』の演者は全員が女性。

演劇×歌唱×ダンスによる、華やかで夢に溢れた舞台をお届けします！

サヴィが立ち上げた劇団の活動は、公演の告知チラシを、街のあちこちに貼ることから始まった。

チラシの表に描かれたのは、城の窓から飛び降りる王女ラーナを騎士エレンが抱きとめる、童話のようなパステル画だった。

繊細で可愛らしいその絵を描いたのは、なんとフィエルだ。

意外な特技に驚かされたが、彼の秘められた能力は他にもあった。

言葉巧みな交渉で劇場を安く借り、水も漏らさぬ帳簿をつけて、いつの間にやら劇団の経理担当にもおさまっていた。

大道具作りの際は腕まくりして金槌《かなづち》を奮《ふる》い、全身ペンキまみれになって、背景の書き割りを仕上げた。

フィエルが街で声をかけた若者たちも、『小鳩亭』の食事を提供することを条件に、手伝いにきてくれた。演者は女ばかりでも、男手は必要だと実感していたところだったので、これは本当に助かった。

イルゼたちはもちろん、その分の代金を払うつもりでいたのだが、『小鳩亭』の店主夫妻は頑《がん》として受け取ろうとしなかった。

『うちの味を気に入って通うようになってくれれば、こっちも助かるから』

『これくらいの歳になると、何かを頑張る若い子たちを応援したくなるんだよ。一緒に夢を見せておくれ』

と言って。

肝心の役者集めに関しては、サヴィの人望がものをいった。

『群青』を馘《くび》になった女優のほとんどは、『風切羽』の方針に賛同して移籍を決めた。さらには他の劇団の看板女優も、

『面白そうなことやってるね。ちょうど今は暇な時期だから、混ぜてくれない？』

という流れで客演が決まり、そちらのファンを引っ張れる見込みもできた。

フィエルの屋敷に身を寄せたリアーノは、恋人に邪魔されない環境で、十曲を超える劇中歌を精力的に書き上げた。ヒロイン役として演技の基礎を学びながら、逆に、舞台で歌うのは未経験だという役者たちの歌唱指導にもあたった。

イルゼも原作小説を脚本に書き換え、その作業が終わったあとは、衣装係として針仕事に励んだ。

『小鳩亭』の仕事は続けていたが、『群青』のほうは辞めると決めた。

単純に時間がないということもあったし、サヴィたちを切り捨てたシリンのやり口に、どうしても納得できなかったからだ。特に引き留められもせず、あっさり縁が切れたのは、同じように離れていく裏方が多かったせいかもしれない。

芝居を作る中でフェイルとは毎日のように顔を合わせたが、互いに忙しく、二人きりになることはなかった。

というよりも、忙しさを言い訳に、二人きりになることを避けていた。

理由は明白だ。

このままではいけないとわかっているのに、彼を好きだという気持ちが、ますます膨らんでしまうからだ。

初めて会ったときは、放蕩者の女たらしとしか思っていなかったのに、フィエルはどんどん頼りがいのある一面を見せてくる。

困っているイルゼに何度も手を差し伸べて、物理的にも精神的にも支えてくれた。

あろうことか、イルゼは初めて嫉妬の感情を覚えさえした。フィエルの屋敷に住み込んでいる、リアーノ相手にだ。

彼女は外見も愛らしく、自分と違って天真爛漫《てんしんらんまん》な魅力に溢れている。

暴力を振るう恋人と離れ、恩人のフィエルとひとつ屋根の下で暮らすうちに、距離を縮めているのではないかと、益体《やくたい》もないことを考えてはじりじりした。

そんなふうに過ごしながらも、時間はあっという間に過ぎていった。

繰り返される通し稽古に、照明と音響を合わせたリハーサル。

小道具や衣装を揃え、大道具を配置し、最初は何もなかった劇場《ハコ》に架空の世界を築いていく。

そもそものきっかけである原稿落選の日から、およそ三ヶ月後。

劇団『風切羽』の、旗揚げ公演の幕がついに開き――そして。

◆◆◆

「皆、お疲れ！」

「ほんとにほんとにお疲れ様！」

「無事に終わってよかったー！」

「満員御礼おめでとう、ありがとーーーう！」

乾杯を叫ぶ声が重なり、打ち合わされたグラスから麦酒《ビール》の雫が飛び散る。

それを皮切りにして、ところ狭しと並ぶ料理に、四方からわっと手が伸びた。

「まだまだおかわりはあるからなー！」

「じゃんじゃん食べておくれよー！」

にこにこしながら大皿を運ぶのは、『小鳩亭』の店主夫妻だ。

ベーコンの塊がごろごろ入ったオムレツ。

トマトの酸味を生かしたビーフシチュー。

ソーセージとチーズのフライの盛り合わせ。

レモンバターのソースで食べるホタテの酒蒸し。

見るだけで涎《よだれ》の出そうな料理が、楽日《らくび》を終えた劇団員たちの胃袋へと瞬く間に消えていく。

「イルゼちゃんも、今夜はお運びはいいから」

いつもの癖で給仕を手伝ってしまうイルゼに、女将が呆れたように笑った。

「サヴィちゃんたちのお芝居、大成功だったんだろ？　せっかくの打ち上げなんだから、皆と一緒に楽しみな」

「ありがとうございます。劇団のために、お店を貸し切りにしてくださって」

礼を言ったイルゼは、グラスを片手に、人の輪から少し離れた場所に座った。

皆と一緒になってはしゃぐより、嬉しそうな仲間の顔をこうして眺めていたかった。

（……思い出しても、なんだか夢みたい）

『風切羽』の第一回公演は、控えめに言っても上々だった。

初日は空席が目立ち、観客も出演者の知り合いが多かったものの、二日目からはがらりと様子が変わった。

初日を見た者から口伝えに評判が広まり、続々と新しい客が押し寄せたのだ。

曰《いわ》く。

『主役のサヴィの立ち回りが、キレキレでかっこよすぎ』

『ヒロインのリアーノの歌唱力が天井知らず。あれはただの天使』

『すべての男役を女優が演じるのが新鮮。これまでに見たことのなかった演出』

『サヴィとリアーノのラブシーンは必見。美女と美少女の組み合わせで、見ているこっちもどきどきする』

『難しいことを考えず、歌と踊りを見にいくだけでも楽しい』

『笑わせて笑わせて、最後に泣かせにくる脚本にやられた』

『とにかく、もう一度見たいと思わせる舞台』

好意的な感想に役者たちは活力をもらい、演技もますます磨かれていった。

チケットは連日完売で、追加席を増設しても追いつかず、大勢の立ち見客が出た。

新聞の文化欄にも取り上げられ、メインの役者たちだけでなく、イルゼも脚本家としてインタビューを受けた。

元子爵令嬢という経歴も、公募に落選した小説を脚本化したという経緯も、記者の興味を大いに引いたようだった。イルゼ自身はそんなことまで明かすつもりはなかったのに、リアーノが横から話すのを止められなかったのだ。

その上、サヴィはイルゼのことをやたらと持ち上げてくれた。

『女性だけの劇団を作ったら？　と提案してくれたのも、リアーノとの縁を繋いでくれたのもイルゼなんです。彼女がいなかったら、私は役者の道を諦めるところでした。エレンを演じるのはとても楽しくて、この役に出会わせてくれたイルゼに心から感謝しています』

そのサヴィの人気ぶりも、またすごかった。

楽屋に届くプレゼントや花束は山を成し、出待ちの歓声は日に日に大きくなる。

そのほとんどが女性だったが、中には男性もいた。『男装姿のサヴィの凛々《りり》しさに、自分でも知らなかった乙女の部分がきゅんとした』のだそうだ。

リアーノの歌う劇中歌は市中でも大流行し、彼女の髪型や化粧を真似する女性が急増した。男性ファンによる親衛隊も発足したおかげで、ヒモだった恋人はリアーノに近づけず、街を出ていったらしい。

『風切羽』への入団を希望する女優も多くなり、後日オーディションが開かれる予定だ。

『追われる騎士と捨てられ姫』については、新団員加入ののちに、なるべく早く再演しようということも決まっていた。

（まさか、あのときの思いつきがこんなに上手くいくなんて……）

酔っぱらって歌い出すリアーノや、仲間に囲まれて笑うサヴィを見るうちに、イルゼの胸は熱くなる。

インタビューでサヴィはああ言ってくれたが、舞台の成功はイルゼの功績ではなく、皆の努力と実力があったからだ。劇団外の人たちの力も借りたし、大勢に助けられてここまで来た。

（皆、楽しそうでよかった。——本当によかった）

準備は大変だったけれど、この明るい光景が何よりのご褒美だ。

「ここ、いい？」

充足感に浸るイルゼの隣に、フィエルが腰を下ろした。

さっきまで皆と盛り上がっていたのに、イルゼが一人でいるのを見つけて、気を遣ってくれたのだろう。

「怒涛《どとう》の三ヶ月だったね。お疲れ様」

「……フィエル様こそお疲れ様です」

彼の方に向いた左半身が、途端に緊張した。

二人で話すのが久しぶりすぎて、どうにも目を合わせづらい。

「いい光景だよね」

イルゼの視線を追って、フィエルは穏やかに言った。

「皆が力を合わせて、やりたいことをやって、それがたくさんの人に受け入れられて。俺も今日まですごく楽しかった。――ありがとう」

唐突に礼を言われ、イルゼは戸惑った。

「イルゼといると、いろんな世界を知れる。新しい知り合いはどんどんできるし、今は毎日が面白くて仕方ないんだ。君に感化されて、俺もやっとやりたいことが見つかったしね」

「やりたいこと？」

首を傾げたイルゼを謎めいた笑みではぐらかし、フィエルは話題を変えた。

「それにしても、ひとつだけ納得いかないんだよな」

「何がです？」

「イルゼの書いた小説が落選したこと」

「……いいんです。それはもう」

気にしないと決めたはずなのに、胸が鈍く痛んだ。

「舞台では、サヴィの演技やリアーノの歌が目立ってたけど。ストーリーを絶賛する劇評だっていくつもあったのに。大衆にあれだけウケる物語が、どうして――」

フィエルはなおも喋っていたが、イルゼはその声を耳に入れないようにした。

芝居の成功は嬉しいし、脚本を褒めてもらうのもありがたいが、「だったらどうして」という気持ちが湧いてくるのは否めない。

文章が稚拙だったとか、小説としての瑕疵《かし》があったのだろうが、イルゼとしてはやはり、自分の書いたものが本になるのが夢だった。

舞台が好評だった分だけ、小説家になりたかったという未練が余計に燻《くすぶ》ってしまうのだ。

そこに。

「お客さんだよ、イルゼちゃん」

女将に肩を叩かれ、イルゼは顔を上げた。

見れば、三《み》つ揃《ぞろ》い姿の中年男性が女将の隣で直立していた。異様に緊張しているのか汗をか

き、鼻の下の口髭《くちひげ》がひくひくしている。

「今日は貸し切りだからって断ったんだけど。客じゃなくて、イルゼちゃんに会いに来たんだって言うからさ」

相手に見覚えはなかったが、イルゼは立ち上がって会釈した。

「こんばんは。どちら様でしょうか」

「あなたがイルゼ・スタンリー先生ですか？　お初にお目にかかります。私はこういう者です」

男は腰を直角に折り、名刺を差し出した。

受け取ったそれに目を落とし、イルゼは驚いた。

「ヘンリー・モリス……書籍編集者……キング社の第一文芸部の？」

「イルゼの小説を落としたところじゃないか！」

名刺を覗き込んだフィエルが、ヘンリーをぎろりと睨んだ。

「いまさらなんの用です？　イルゼがそちらの賞に応募していたことを、ご存じの上でいらしたんですか？」

「そ、そうです。実はその……このたび舞台でも大好評だった『追われる騎士と捨てられ姫』の原作小説を、幣社から刊行させていただきたく、お願いにまいりました！」

一気にまくしたてられ、イルゼは息を呑んだ。

（――私の本を出す？　一度は落選した小説なのに？）

喜ぶべきところなのかもしれないが、何故いまさらという疑問のほうが先に立つ。

それはフィエルも同じなようで、ヘンリーへの詰問を重ねた。

「舞台の成功に便乗して、ひと儲けしようって魂胆ですか？　賞のほうは落選させておきながら、それは都合がよすぎませんか？」

「おっしゃるとおりです。ですが、これには事情がありまして」

「事情？」

「はい。ひとまず、お話を聞いていただけますでしょうか」

ヘンリーの言葉に耳を傾けるうち、イルゼは唖然とした。

実は例の原稿は、選考の早い段階から最終候補に上げられていたのだという。

最初に下読みをしたのはヘンリーで、まだ粗《あら》けずりではあるものの、作者が心からこの物語を書きたがっている熱意に圧倒された。評価を下す立場であることも忘れて、ラストシーンではうっかり涙ぐんでしまったほどだった。

ヘンリーの推薦で編集部全員が目を通したが、概《おおむ》ね好感触だった。

大賞を獲《と》れるかは他の候補作次第だが、最低でも佳作とし、デビューさせることは確実と思われた。

「ですがある日、候補作をまとめておいた箱から、スタンリー先生の原稿だけが紛失してしま

ったんです」

「紛失……」

「本当に申し訳ありません。こちらの管理不行き届きでした！」

ヘンリーはハンカチを取り出し、滝のような汗を拭きながら平謝りした。

「もちろん必死に探しましたが、どこからも見つからず……さらに悪いことに、応募者の名前や住所を控えてもおらず……『追われる騎士と捨てられ姫』というタイトルは覚えていても、それだけでは作者に辿り着けなくて、ですね……」

「そうこうするうちに、『追われる騎士』が舞台になった。それで作者の名前を思い出したから、こうして会いにきたってことですか？」

呆れたようなフィエルの言葉に、ヘンリーはこくこくと頷いた。

「本当は、舞台のことを知った段階で、すぐにでも連絡を取りたかったのです。とはいえ、原稿紛失の経緯が判明しないことには先生に合わせる顔がないと、今日まで遅くなってしまいました」

「その点ははっきりしたんですか？」

「はい。――スタンリー先生の原稿は、外部の者に盗まれたのです」

ヘンリーは重々しく告げた。

「原稿が消えた前後の状況を、編集部全員で改めて検証してみました。その中の一人が、ある

ことを思い出したんです」

その編集者の証言によれば、こうだった。

ある日、最終候補作をより分けていたところ、出入りの印刷工がやってきた。次に出る本の装丁や字体についての打ち合わせを終えたあと、

『今回の応募原稿は、有望な作品が多いんですよ。特にこの小説が本命で。作者は若い女性なんですが、いずれそちらでたくさん刷ってもらうことになるかもしれません』

と雑談ついでに話したのだそうだ。

そのときはそれで終わったが、のちに原稿が消えた日にも、その印刷工が来ていたらしい。

ちょうど昼休みで人が出払っているときだった。

別部署の部員が、机周りでごそごそしている男を見つけて声をかけると、

『打ち合わせの日程を間違えた』

と弁解し、そそくさと帰っていった――という裏も取れた。

「最初は白を切っていましたが、しつこく問い詰めたところ白状しました。どうやら彼は、『イルゼ・スタンリー』の名前が書かれた原稿を見つけて、受賞を邪魔してやろうと犯行を思い立ったそうです。以前に先生を口説こうとして失敗し、逆恨みをしていたということでした。ジャンという男なのですが、ご存じでしょうか」

「イルゼちゃんにうっかり水をかけられて、足蹴にしてきた客じゃないか！」

話を聞いていた女将が声を荒らげた。

「そういえば、あいつの職場は印刷所だったよ。最近は来なくなって安心してたら、陰でそんな卑怯《ひきょう》なこと……男の風上にもおけないね！」

「ごめん、イルゼ。俺が悪かった」

何故かフィエルが謝ってきた。

「二度とイルゼに関わる気にならないよう、あの夜、もっときっちりシメておくべきだった。なんなら今からでも――」

「すでに警察に突き出したので、その必要はありません」

物騒な気配を醸し出すフィエルに、ヘンリーが慌てて言った。

「スタンリー先生には本当に申し訳ないことをしました。お詫びのしようもありませんが、編集者として、作品に惚《ほ》れ込《こ》んだ気持ちは本物です。『追われる騎士』の他にも、たくさんの作品を世に送り出していきたいと思っています。どうか私を、先生の担当編集者にしてくださいませんでしょうか⁉」

深々と頭を下げられ、イルゼは言葉を失った。

（私の作品……ボツにされたわけじゃなかったんだ……）

皆に応援され、心血を注ぎ込んだ原稿が、ゴミ箱に捨てられる様子を想像すると切なかった。

芝居作りに没頭している間は忘れられたが、ひと段落してみると、傷は傷のまま癒えていな

いことを思い知らされたばかりだったから。

（あの原稿を、ちゃんと読んでくれた人がいた……本にしてもいい作品だって認めてくれた）

萎《しお》れていた花が水を吸ったように、まっすぐに背筋が伸びる。

作品が出版されることも、お金になることもありがたいが、この先も小説を書いていいという保証をもらえたことが何より嬉しい。

「ありがとうございます。――こちらこそよろしくお願いします」

イルゼの返事にヘンリーは歓喜の声を上げ、フィエルは黙って肩をすくめた。

編集部としての管理体制に言いたいことはあるものの、イルゼが決めたことならば、反対するつもりはないらしかった。

そこに酔っぱらったリアーノが、踊るような足取りで近づいてきた。

「なになに、なんの話ー？」

「イルゼちゃんが今度こそ本を出すんだってよ！」

女将が事情を説明すると、リアーノは興奮して叫んだ。

「えええっ、ほんと？　おめでとう！　皆、聞いて聞いて！　イルゼがねー！」

リアーノの報告でその場はいっそう沸き立ち、イルゼを中心に再び乾杯が行われた。ヘンリーもちゃっかりまぎれ込み、朝になるまで皆と飲み明かしていたようだ。

その後のことはとんとん拍子すぎて、あえて記すまでもない。

人が面白みを感じるのは逆境や波乱含みの展開で、すべてが順調なだけの物語には飽き飽きしてしまう。

簡潔に述べるのならばこの日から一ヶ月後。装丁に工夫を凝らした『追われる騎士と捨てられ姫』の単行本が、緊急発売されて書店に並んだ。

その三日後、品切れを起こした店から注文が殺到し、たちまち増刷がかかった。

その後も一週間ごとに重版が繰り返され、雑誌に発表した新作も評判で、二作目の書籍化が決まった。キング社以外の出版社からも、執筆依頼が殺到した。

瞬く間に注目を浴びたイルゼは、次々に振り込まれる印税で、父の残した借金を完済するまでの人気作家になったのだった。

第八章　元夫の秘めた告白

人生の転機をもたらした処女作の出版から、四ヶ月後。

イルゼは緊張の面持ちで、贅《ぜい》を凝らした応接室のソファに座っていた。

癖のない黒髪は結い上げて銀細工のコームを飾り、身に纏っているのは、艶《つや》のあるショコラブラウンの絹のドレスだ。

お金に困らなくなったとはいえ、倹約精神はいまだに染みついている。華美に装うのは気が引けるが、こんなときくらいはきちんとした恰好をするべきだと判断した。

こんな——かつての嫁ぎ先であり、置き手紙一枚で飛び出した婚家を、改めて訪問するというようなときには。

(それにしても、あれは予想外の反応だったわ)

溜め息をつきながら、イルゼは先刻の出来事を思い出す。

この部屋に通されてほどなく、まっさきにやってきたのはオルランド侯爵夫妻だった。

自分勝手に消えた嫁のことを、彼らはひと言も詰《なじ》らなかった。

それどころか。

『何も謝ることはないんだよ。君にも事情があったと聞いたからね』

『お母様はお元気？　退院なさって、今は一緒に暮らしているの？　それはよかったわ』

『執筆活動も順調そうじゃないか。私も一冊買ったから、サインをしてくれるかい？』

『周りのお友達も、次の作品をとっても楽しみにしているのよ。その人たちの分も頼んで構わないかしら？』

と何故かサインをねだられ、イルゼがあたふたと応《こた》えたのちは、二人してにこやかに引き上げていったのだった。息子との離婚の件については一切触れずに。

(今日の訪問の目的は、侯爵夫妻にお詫びをすることでもあったのに……)

これではいけないと反省し、姿勢を正す。

何事もきっちりしていないと気のすまないイルゼは、けじめを大切にしたいのだ。せめて、もうひとつの目的だけは、しっかり果たして帰らなければ。

そのとき、応接室の扉が外から軽く叩かれた。

「入るよ。──久しぶりだね、イルゼ」

「ご無沙汰しております、フィエル様」

イルゼは立ち上がり、スカートを持ち上げて膝を折った。淑女の礼だ。

貴族でなくなって一年以上が経つのに、体は意外にもまだ覚えていた。

「そんなに畏《かしこ》まらないで、楽にしてよ」

向かいに座るフィエルに促され、イルゼも再び腰を下ろした。

緊張の解けないイルゼに対し、フィエルは面白そうにこちらを眺めている。

「君がわざわざ訪ねてきてくれるとは思わなかったな。今日はなんの用？」

「――お金を返しに。以前、母の手術費を用立てていただいた分です」

イルゼはバッグから封筒を取り出し、互いの間にあるテーブルに置いた。

中には小切手が入っており、借りた額よりも三割ほど上乗せした金額を書き込んでいる。

「利子をつけていますが、足りなければおっしゃってください。おかげで母も寛解《かんかい》し、退院することができました。もっと早くお返しするつもりでしたが、なかなかお会いする機会がなかったので……」

そこまで言って、イルゼは口ごもった。

こんなのは言い訳だと自分でもわかっている。

本気で会おうと思えばこうして訪ねればよかったのだし、お金を返すだけならば、小切手を郵送してもよかった。

「気にしてないよ。イルゼはずっと忙しかったんだから」

事実ではあるが、どうしても不義理を責められている気がしてしまう。

『追われる騎士と捨てられ姫』の刊行が決まってから、イルゼは以前にも増して多忙になった。

改稿や著者校正といった出版のための作業に追われ、新作の原稿にも取り掛かった。『風切羽』の新作脚本まで引き受けたところ、細かな締め切りが数日ごとにやってくる羽目になった。

『小鳩亭』の主人夫妻は、今がイルゼの正念場だからと、快く退職を許してくれた。無理をして倒れないよう、いつでも食事をしにおいでと言われ、自炊する余裕もないときはありがたく通わせてもらっている。

初対面で頼りなく見えたヘンリーは、編集者としての腕は確かだった。イルゼの作品を多角的に読み込み、よいところを褒めるだけでなく、問題点を容赦なく指摘してくれる。改稿依頼に応《こた》えるのは苦労したが、お金の心配をせず、小説のことだけを考えられる毎日は、以前と比べると夢のようだ。

その一方でイルゼをばたばたさせたのは、あの安アパートからの引っ越しだ。母の退院が決まったので、二人で住める新しい物件探しに奔走した。今借りているのは王都の中心地に近い一軒家で、わずかながら庭もある。ガーデニングが趣味の母は喜んで、花だけでなく、食べられる野菜なども育て始めた。

そんなこんながようやく落ち着き、イルゼははたと気づいたのだ。

そういえば近頃、フィエルとまったく顔を合わせていないと。

(これが普通なのよ。私も忙しいんだし、別れた夫にわざわざ会う理由なんてないんだし)

そう言い聞かせて仕事に集中しようとしたが、どうにも落ち着かない。

リアーノには新しい恋人ができて、フィエルの屋敷を出ていったと聞いている。

二人の仲については取り越し苦労だったが、もしや別の女性と再婚話が進んでいるのではと、気にしても仕方ないことを考えてしまう。

フィエルに堂々と会う機会があるとしたら、それが今日の訪問理由——借りていたお金を返すという名目だ。

とはいえ、それはそれで気が進まない。

いざ借金を清算したら、フィエルとの繋がりは完全に切れてしまう。返済するだけの余裕は充分できたが、なるべくその日を引き延ばしておきたかった。

（離婚した時点で、自分から縁を切ったくせに……いまさらだわ）

イルゼはひそかに自嘲し、「それから」と切り出した。

「この他にも、フィエル様にお支払いしなければいけないお金がありますよね」

「なんのこと？」

「人探しの探偵を雇った料金です」

とぼけるフィエルに、イルゼはずばりと言った。

「フィエル様なんでしょう？　うちの父を探偵に探させて、帰るよう促《うなが》してくださったのは」

「ああ、お父さん、戻ってきたんだ？」

否定も肯定もせず、フィエルは笑った。

「つい先日、近所の人がうちの周りをうろつく不審者を見つけて……警察に突き出したところ、それが父でした」

連絡を受けて警察に向かったイルゼが見たのは、髪も髭《ひげ》も伸び放題で、すっかり面変わりしたスタンリー元子爵だった。

イルゼと顔を合わせるなり、父はぼろぼろと涙を流し、しばらく何も喋れなかった。

落ち着いてから聞き出したところによれば、父は身ひとつで隣国に逃亡し、意外にも炭鉱夫として働いていたらしい。

そこに訪ねてきたのが、母国からやってきたという探偵だった。

誰からの依頼かは明かせないが……と前置きした上で、探偵は手紙を渡した。

そこには、ここ一年ほどの娘の暮らしが詳細に綴られていた。

婚家を飛び出し、病身の妻を支えながら金策に奮闘してしていたこと。

逆境の中でも腐らず、昔からの夢だった作家を目指して大成したこと。

たくさんの友人に囲まれ、皆に愛されていること。

幸いにして妻も回復し、今は娘と一緒に暮らしていること。

最後に、手紙はこう結ばれていた。

『娘さんはあなたを恨んでいません。あなたの無事を祈る家族のために、一日も早く帰ってあげてください』

——と。

「言いたいことはたくさんあったはずなんですけど。父に抱きついて泣き崩れる母の姿を見たら、なんだかどうでもよくなってしまいました」

「それでいいんじゃないかな。離れ離れだった家族がようやく揃ったんだから」

「これでやっと心配ごとがなくなりました。本当にありがたいと思っています。一体、父を探すのにいくらかかったんですか？　お支払いしますから教えてください」

イルゼに詰め寄られ、フィエルは苦笑した。

「その件については後にしない？　せっかくだし、俺からも話したいことがあるんだ。あと数日もすれば、俺のほうから会いにいくつもりだったんだけど」

「話したいこと？」

「っていうか、謝らなきゃいけないこと……かな」

フィエルは上着の懐から、四つ折りの紙を取り出した。

差し出されたそれを開き、イルゼは瞠目《どうもく》した。

見覚えがある。

ものすごく、ものすごく見覚えがある。

「わっ……私たちの離婚届ですよね、これ⁉」

「うん。実は役所に提出しないで、ずっと俺が持ってたんだ」

「ということは――」

「法的には、俺と君は離婚してない。結婚式をあげた日から今に至るまで、ずっと夫婦のままだってことだよ」

絶句した。

眩暈《めまい》がした。

ソファの背に深くもたれ、半分白目になりながら、イルゼは天井を仰いだ。

(フィエル様のことは「元夫」だからって、何度も自分に言い聞かせてきたのに……――)

好きになってもいまさらだと、自制をかけ続けていた日々はなんだったのか。

「怒ってる?」

自失するイルゼに、フィエルがおずおずと尋ねた。

あまりのことに驚愕が先立ち、それ以外の感情がわからない。

だが、少なくとも怒りではない。

苛立ちでも不快感でもない。

「……理由がわかりません」

驚きのあとにやってきたのは、当然の疑問だった。

「そこまでして離婚しない理由が、フィエル様にあるとは思えません。もしかして、ご両親の命令ですか?　私をこの家の嫁にと望んでくださったのは、オルランド侯爵夫妻ですし」

さきほどの彼らの様子を思い出すと、それしかないと思える。自分はよほど義両親にウケのいい性質《たち》の嫁なのか。

「いや。大前提が間違ってる」

フィエルが首を横に振った。

「表向きは、うちの両親が君を気に入ったってことで見合いを組んでもらったけど。本当は、俺がもう一度イルゼに会いたかったんだ」

「……は?」

「見合いの日が初対面じゃないんだよ、俺たちは。君は気づいてなかったでしょ」

「はぁ……?」

呆気にとられていると、フィエルはおもむろに話し出した。

——同じ世界に生きて、同じものを見ていたと思いながら、イルゼがまったく知らなかった物語を。

◆◆◆

その夜のフィエルは、ひどく気分が悪かった。

生まれて初めて髪を染めてみたのだが、染料が粗悪品だったのか匂いがきつく、頭がくらく

らした。フィエルの地毛は鮮やかすぎるほどの赤なので、元の色を完全に消すため、二度染めをしたのもよくなかった。

そんなことをしたのは、その日招かれた夜会が、仮面舞踏会という趣向だったからだ。

仮面で目元を隠し、髪の色まで変えてしまえば、正体に気づかれないかもしれない。

自分がフィエル・オルランドだと誰にも知られない状態で、人と接してみたかった。

できるならこれを機会に気の置けない会話を交わし、同性の友人を作りたかったのだ。

(目指せ、友達百人……は無理でも、せめて十人くらいとは話をするぞ!)

期待を抱《いだ》いて会場に向かうも、すぐに考えの甘さを思い知らされた。

『まぁ、フィエル様よ!』

『その口元はフィエル様ですよね?』

『髪は染めていらっしゃるのね。黒髪もとってもお似合いですわ!』

広間に足を踏み入れるなり、着飾った女性陣にわっと取り囲まれた。

どうやらフィエルの美貌は、小手先の変装ごときで隠しきれるものではなかったらしい。

『フィエル様がいらっしゃるのを、皆今か今かとお待ちしていましたのよ』

『一曲目は私と踊ってくださいません?』

『その次は私と』

『ぜひ私とも』

『いいえ、私よっ！』

四方八方から押し寄せる女性は、さながら飴玉《あめだま》に集《たか》る蟻《あり》のごとく。

ひとしきり相手をしながらも、目論見が外れたことにフィエルは深く落ち込んだ。自棄《やけ》になって酒を呷《あお》り、酔いが回ったのを理由に、介抱したがる女たちを振り切って逃げ出した。

そうして、彼は出会いを果たす。

誰もいないと踏んだ図書室で、一心不乱に手帖に文字を書きつけている、どこかの令嬢と。

(誰だろう……仮面をつけてるけど、多分、これまでに会ったことのない娘《こ》だ)

何をしているのか気にかかり、フィエルは声をかけた。

広間から逃げてきた経緯を愚痴ると、彼女は小首を傾げた。

『あなたは男性ですから、誘ってきたという相手は女性ですよね。今夜のような場で、女性から男性に声をかけるのはマナー違反だったと思います。それを押しても誘われたということは、自分はモテるぞという自慢ですか？』

『自慢じゃなくてただの事実だよ。俺は本気で困ってるんだ』

『という自虐風自慢ですね？』

『違うから。もうね、つらい。ほんとにつらい。君は俺のこと知らないみたいだし、よかったら聞いてくれる？』

呑み過ごした酒の力が、フィエルを饒舌《じょうぜつ》にさせた。

『俺は！　まだ！　童貞なのにっ!!!』

気づけば、これまで誰にも明かせなかった秘密を――色男と騒がれていても、それは噂の一人歩きにすぎず、実際は女性経験さえないことを――暴露してしまっていたのだった。

フィエルの話を、彼女は真剣に聞いてくれた。

年上の女性に襲われかけたことを打ち明ければ、幼かった彼の身を案じて怒ってくれた。親にも隠していた心の傷をいたわられ、つい泣きそうになった。

『自分で言うのもなんだけど、俺って本当に、見た目以外に取り柄がなくてさ』

深い場所にある本音を晒してしまうほどに、彼女の前では素直になれた。

『得意なこともないし、やりたいことも見つからない。女の人たちが俺を必要としてくれるなら、嘘に付き合うのもまぁいいかなって……だけど、いつか本気で好きになった子には軽蔑されるだろうね。女たらしの悪評は消せないし、いまさら全部嘘だったたって言っても信じてもらえないだろうし。君だって、この話を疑ってるんじゃない？』

『嘘でも本当でも構いません』

自嘲するフィエルに、彼女は言った。

『あなたの話は興味深かったです。作り話だったとしたら、むしろその才能に嫉妬します。女

たらしと誤解される青年の苦悩を題材に、一本の小説が書けそうで――もしよかったら、メモを取っても構いませんか？　機会があればネタにさせていただいても？』

『ネタ？』

『私は作家志望なんです』

そう言った彼女が、仮面の裏でわずかに緊張しているようだったから。

本能的にフィエルは感じた。

彼女も今、自分にとって大切な秘密をそっと差し出してくれたのだと。

フィエルが頼むと、彼女は例の手帖を見せてくれた。

記されていたのは、感銘を受けたという小説の一場面や、物語の冒頭の試し書きや、目に留まった風景を描写する文章修行の跡だった。

文学への造詣は深くないフィエルだが、それでもわかった。

彼女は本当に小説を愛しており、自分の世界を形にするために試行錯誤しているのだと。

フィエルが感心すると、彼女は居心地悪そうにもじもじした。

『褒められるようなものじゃないです。そんなの作品未満ですから』

『だったら、これから作品にすればいい』

彼女ならきっとできると、確信を持って告げた。

年齢を尋ねれば、彼女は十八歳だと答えた。

自分より四つも年下なのに、やりたいことを見つけられているのを心から羨ましいと感じたが、

『夢を見るだけなら誰でもできます』

と彼女はなおも謙遜する。

『夢を叶えるために、実際に行動できる人はそんなにいないよ。――頑張って』

手帖を返しながら、どうせ見た目しか持て囃《はや》されないのだからと、怠惰に生きていたことが恥ずかしくなった。

自分などが言っても説得力はないだろうが、どうしてもこれだけは伝えたかった。

『きっと、君は書くべき人だ』

『書くべき人……――』

『俺なんかの話が役に立つなら、いくらでもネタにして。聞いてくれてありがとう』

すると彼女は、急に立ち上がってまくしたてた。

『俺なんか、って卑下しないでいいと思います。あなたは事なかれ主義かもしれないけど、その分優しい人なんだと思います』

呆気にとられるフィエルに、彼女は懸命に言い募った。

『自分の評判を下げてまで、あなたを利用する人の気持ちに寄り添ってあげるなんて、そうそうできることじゃないです。実際、それで救われた人もいるわけで……だけど』

仮面の奥のヘーゼルの瞳が、躊躇《ためら》いを映して揺れた。

『あなたはもう少し、自分勝手になってもいいんじゃないですか？　やりたいことだって、そのうち見つかるかもしれませんし。そのときは周りの迷惑や評判なんて気にしないで、後悔しないよう、好きにすればいいんですよ』

大きく息をついて言い切ったあと、彼女は我に返ったように頬を染めた。

その様子が思いがけず可憐で、目を離せなくなる。

無粋な仮面を剥《は》ぎ取って、彼女の素顔を見たい。

そんな衝動が荒々しいほどに湧き上がり、掌に汗をかいた。

『ごめんなさい、一方的に。つまり、ええと、私も頑張りますから――そのうちきっと、小説を書いてみますね！』

『待って。君、名前は……!?』

走り去る彼女に伸ばした手が、力なく空を掴む。

追いかけて捕まえることもできただろうが、女性に追われるばかりで逆の経験がなかったフィエルは、とっさにどうしていいのかわからなかった。

あてどなく視線をさまよわせ、フィエルは、『……あ』と声をあげた。

彼女が座っていた椅子の上に、万年筆が落ちていた。拾い上げて、側面に刻印されていた持ち主の名を、半ば無意識に読《なか》み上げた。

『イルゼ・スタンリー……――』

黒髪を翻《ひるがえ》して去っていった、彼女の名前はイルゼというのだ。

素晴らしい秘密を知ったかのように、心が高揚した。

この場限りの縁のはずだったのに、また会いたいと思っている自分が不思議だった。

身元がわかった以上、すぐにでも訪ねていけるのだが、それは躊躇《ためら》われる。

互いに何者かを知らない、仮面ごしの会話だったからこそ、無防備でみっともない己を晒せたのだ。あれほど高らかに童貞だと宣言したことも、冷静になると恥ずかしくてたまらない。

フィエルは拳を固め、ひそかに誓った。

（――次にイルゼに会うまでに、俺は生まれ変わろう）

女たらしの悪評は消せないにしろ、中身が空っぽな顔だけ男ではなく、何かしら取柄《とりえ》のある人間になりたい。

それからというもの、フィエルは夜遊びの回数をめっきり減らした。

遅まきながらの自分探しにあたり、思いついたことは片っ端から試してみた。

イルゼの真似をして小説を書いてもみたが、文才のなさを悟り、絵筆をとることにした。

これは意外と向いていて、特にパステル画が上達したが、一生を賭けたいと思えるほどには夢中になれなかった。

音楽も違う。彫刻も違う。顔を白塗りにして踊り狂う前衛舞踏も違う。

芸術ではなく実益に繋がることはどうかと、弁護士や会計士になるための勉強を始め、男は額に汗して働いてこそだと、大工の親方に弟子入りしようとも考えた。

すげなく追い返されたあとは武術や体術をひとしきり学び、自然を相手に命と命の渡り合いをしようと、猟銃を引っ下げて山にこもった。

そんなフィエルを見ていた両親は、息子がいよいよ血迷い始めたと頭を抱えた。

女性相手に浮名を流しているときも、いつか恨みを買って刺されるのではとはらはらしたが、それより先に熊や狼のエサになりかねない。

『ふらふらするのもいい加減にして身を固めろ。誰か、これぞと思う相手はいないのか』

父親に叱責されたフィエルは、この上なく真面目に答えた。

『その人のことをもっと知りたいし、俺のことも知ってほしいと思う相手ならいるよ』

それを聞いた両親は色めきたち、相手の名を強引に聞き出した。

その場ではそれで終わったと思っていたが、後日、イルゼとの見合いが組まれたと知ったフィエルは唖然とした。

(まだ俺は、夢中になれるものを見つけてないのに)

中途半端な状態での再会は悩ましかったが、こちらから申し込んだ見合いをすっぽかすわけにもいかない。

そんなことをすれば相手に恥をかかせてしまうし、何よりイルゼともう一度会いたかった。

仮面の下の素顔を見てみたかったし、いろいろな話をしてみたかったのだ。

かくして、両親とともにスタンリー子爵家を訪問する日がやってきた。

娘が見初《みそ》められた理由がわからないなりにも、子爵夫妻はこの縁談を歓迎していた。イルゼが待つ応接室に案内されたフィエルは、扉を開けるなり噴き出した。

見合い相手の来訪に気づくまで、イルゼは例の手帖にまた何かを書いていたのだ。

クッションの下に慌てて隠すところもばっちり見えたし、指にはインクの汚れがついている。気乗りしない見合いに臨《のぞ》むヒロインの心情を描写するチャンス——とでも思って、ペンを走らせていたのかもしれない。

（やっぱり、イルゼはイルゼのままだ。——こんな顔をしてたんだな）

むっつりと唇を引き結ぶイルゼに、フィエルは笑いかけた。

スタンリー子爵が謙遜して言ったように、確かに華やかで目立つというタイプではない。よく言えば理知的で聡明《そうめい》そうだが、女家庭教師《ガヴァネス》のようなお堅い雰囲気で、敬遠する男性もいるかもしれない。

けれど、そんなことはどうでもよかった。

見た目とは裏腹にイルゼが優しく、想像力も豊かなことを、フィエルはもう知っている。

『まったく本意ではないですが、無理矢理この場に引き出されました』

と言わんばかりの頑《かたく》なな表情を崩して、彼女の笑顔を引き出したい。

そう思った時点で、フィエルはわかった。気づくのが遅すぎたくらいだった。

（俺はイルゼのことが大好きなんだ……！）

初恋の自覚に浮かれ切っていたせいで、その後何を喋ったのかは覚えていないが、きっと醜態を晒してしまったのだろう。

家に帰ってから、

『お前なぁ……あれはないだろう』

『そうよ。お母様も横で聞いてて情けなかったわ』

と両親に追い打ちをかけられた。

どうやら自分は、イルゼが嫁いできてくれたら、部屋の壁という壁に本棚を並べ、最高級の机と座り心地抜群の椅子をプレゼントすると約束していたらしい。無意識のうちにも、快適な執筆環境を調《ととの》えてやりたいとの思いからだ。

イルゼの身上書には「趣味：読書」と書かれていたので、あながち不自然ではないにしろ、物で釣るような稚拙なアプローチしかできなかったことに、フィエルは深く落ち込んだ。

だが、結果的にはこれがよかったのかもしれない。

フィエル自身には微塵《みじん》も惹かれなかったらしいイルゼだが、結婚後も執筆を続けたいという思いをくすぐられたのだろうか。

『私が嫁いでまいりましたのは、何事も経験だと思ったからです』

『結婚も、出産も、夫の不貞に耐えるのも。なんなら義両親からの嫁いびりもネタに――……ではなく、人生の糧になると思いましたので』

のちの初夜で語ったように、我が身に起こる出来事をすべてネタにするつもりで、イルゼは縁談を受けてくれた。

生まれて初めて触れた女性の肌は、夢のように柔らかくて温かかった。

くだらないこだわりかもしれないが、男の沽券《こけん》で、やはり童貞だとはバレたくなかった。

失敗しないかと内心ではひやひやしていたが、あらゆる艶本を読み込んで研究したおかげで、手慣れた様子を演じきれたはずだ。イルゼは間違いなく処女だったから、未経験者に身を委《ゆだ》ねる不安を覚えさせたくなかったということもある。

仮面舞踏会の夜に出会ったことは、自分だけの胸に秘めておくつもりだった。

きっかけはなんであれ、これから夫婦として互いを理解し合っていけばいい。

自分が浮気者でないことは、一緒に暮らすうちにわかってもらえるだろうし、誠意を尽くし続けていれば、いずれ愛情を向けてもらえる日も来るだろう。

愛しい新妻を胸に抱いて眠ったフィエルは、そんな希望でいっぱいだった。

まさかその翌朝、書き置き一枚を残して、離婚を申し出られるとは思いもせずに。

◆◆◆

「なんですか……私、馬鹿みたいじゃないですか……」

告白を終えたフィエルの前で、イルゼは顔を覆って呻いた。

泣きたいのか笑いたいのか怒りたいのかもわからずに、ぐちゃぐちゃになった表情をフィエルに見られたくなかった。

「あの仮面の男性がフィエル様だったなんて……まさか、そんなに前から……」

(――私を好きでいてくれたなんて)

自意識が邪魔して口にできないが、つまりはそういうことだった。

見合いこそオルランド侯爵夫妻のお膳立てだったが、フィエルはそれ以前から、イルゼに惹かれていたということだ。

「わからなくても無理ないよ。初めて会ったとき、俺は髪を黒く染めてたし。お酒の飲みすぎで声も嗄れてたし」

「でも……そういう事情なら、私はフィエル様に余計にひどいことをしました」

彼の立場になって考えてみれば、申し訳ないどころではすまない。

フィエルはイルゼのことを、妻としてちゃんと愛してくれていた。

それを知っていたならば、迷惑をかけたくないという気持ちは同じにしろ、置き手紙一枚で離婚するなんて暴挙には及ばなかった。

「どうせ親に言われるままに娶《めと》った、形だけの妻だと思ってましたから。フィエル様はあんなことじゃ傷つかないって、勝手に決めつけて……」

「そりゃ、びっくりはしたけど。怒ったとか悲しかったたっていうのとは、少し違うかな」

ソファの座面が沈んだと思ったら、顔を覆う手を優しく引き剥がされる。

向かいにいたフィエルがいつの間にかこちらに移動して、イルゼの右隣に座っていた。

「俺にもイルゼの考え方がうつったのかな。あの手紙を見たとき、とっさに思っちゃったんだよね。――これは面白いぞ、って」

「お……面白い？」

「愛のない結婚だと思ってたのに、実は夫は妻にベタ惚《ぼ》れだった。そうと知らない妻は、わけあって婚家を飛び出してしまう。諦めきれない夫は妻を追いかけ、すったもんだの末に二人は改めて恋に落ち、最後は元の鞘《さや》におさまる――こんな筋書き、いかにも小説っぽくない？」

にやりとするフィエルに、イルゼは呆然と頷いた。

「確かに……っぽいですね」

「でしょ。だから決めたんだ。君が欲しがりそうなネタを、俺は全力で提供しようって。まずは迷惑がられても纏わりついて、それなりに役立つ男だと思ってもらうことからだなって」

「全部、フィエル様の手の内だったたってことですか？」

だとしたら、フィエルのほうが作家にも役者にもよほど向いている。

「そんなわけないでしょ。『凪切羽』が当たるきっかけを作ったのも、小説家になれたのも、イルゼが頑張った結果なんだから。俺はそんな君にますます惚れ込んで、後押しをしただけ。ついでに、ずっと探してた答えも見つけられたしね」

「答え？」

「そう。俺のやりたいことって、自分が何者かになるよりも、何かに夢中になってるイルゼを支えることだって気づいたんだ。君のそばにいるといろんな経験ができて、毎日がすごく楽しかった。まぁ支えるとは言っても、主に金銭面でになっちゃったのが、しょせんはボンボンだなーって遺憾ではあるんだけど」

「お金だけじゃありません」

イルゼは口を挟んだ。

「ジャンさんに絡まれたところを助けてくれて、食堂の仕事を代わってくれて、芝居作りも手伝ってくれて……ううん、そうじゃなくて……たとえ、そんなことがなくたって」

胸がいっぱいになって、喉が塞がる。

大切なことを伝えなければと思うのに、喘ぐような声になる。

「フィエル様が私を信じて、『書くべき人だ』って言ってくれた。それだけで私は頑張れたんです。あの言葉がなかったら、『追われる騎士』は完成しませんでした」

それに、とイルゼは続けた。

「お金のことを言うのなら、フィエル様は使いどころを間違っていません」

手っ取り早くイルゼに恩を着せようと思えば、父の借金を肩代わりするなり、生活費を援助するなり、強引に介入してくる方法だってあったのだ。

彼がお金を出したのは、二回だけ。

娼婦になろうとしたイルゼを止めるために、母の手術代を立て替えてくれたときと、投資という名目での『颪切羽』の立ち上げ費用だ。

「ここぞというときだけだったから、私も甘えられたんです。手術代は返すと決めてましたし、私の思いつきで始まった劇団に出資してくださるなら、絶対に損はさせたくなかったし」

「そうだね。パトロンとして、俺もそれなりの見返りをもらったよ」

「ですから、この小切手は受け取ってください。これで本当に貸し借りなしです」

放置されたままの封筒を差し出すと、フィエルは「わかった」と頷き、ようやく受け取ってくれた。

「やっぱりイルゼはしっかりしてるね」

「人として当然のことをしているまでです。お金のことは特にきっちりしなさいと、祖母に口酸っぱく教わりましたので」

「じゃあ、これで貸し借りなし。お金の気がかりはなくなって、俺たちは対等だ」

フィエルの人差し指が、自分とイルゼを交互に示した。

「その上で改めて言うよ。――俺はイルゼを愛してる。たったひと晩だけでも、君の夫でいられて幸せだった」

甘さと切実さを孕《はら》んだ瞳が、イルゼを正面から見つめた。

「退屈だった毎日を、イルゼが変えてくれた。これからもずっと君のそばで役に立ちたい。だからどうか、俺と再婚してくれないかな?」

「……ずるいです」

イルゼはフィエルを睨もうとした。

すぐに失敗して、眉が泣き笑いの形に歪んだ。

「何が再婚ですか。言葉は正確に使ってください。そもそも私たちの離婚は、最初から成立してなかったんでしょう?」

「法的にはそうだけど、君の中では別れてたんだから同じだよ」

フィエルの親指が、イルゼの濡れた眦《まなじり》にそっと触れた。

「イルゼの気持ちは? 今は俺のことどう思ってる?」

「そんなの……」

イルゼは言葉に詰まった。

自分の気持ちがわからないからではない。

嫌というほどわかりすぎている上に、「愛してる」と言われた嬉しさと恥ずかしさで、頭が

沸騰しそうだったからだ。

「――ご想像におまかせします」

迷った挙句に口をついたのは、我ながらずるい返事だった。

だけど、フィエルならきっとわかってくれる。

頑固な自分は、父の借金問題が解決しない限り、再度のプロポーズをされても素直に受け入れられなかっただろう。

こちらのこだわりを尊重し、今日まで待っていてくれたフィエルなら、イルゼがどういう人間でこんなとき何を思っているのか、手に取るようにわかるはずで――。

「誤魔化さないで」

フィエルは互いの額を押しつけ、上目遣いにイルゼを見つめた。

「君は作家なんだから。読者《あいて》に想像を委《ゆだ》ねる場合だってあるだろうけど、こういうときくらい、言葉は正確に使ってよ」

揚げ足を取られたイルゼはたじろぎ、それからぷっと噴き出した。

「そうですね。大衆ウケを狙うなら、わかりやすさは大事です」

「でしょ」

「だけど、台詞に頼りすぎた小説は凡庸になるんです。私が書くなら、こういうときは――」

イルゼはフィエルの頬を押し包み、素早く自分から口づけた。

電光石火の早業に、フィエルはぽかんとし、じわじわと頬を赤くした。

「……これが、イルゼの答え？」

「はい」

イルゼははにかみながら頷いた。

「ふつつかな嫁ではありますが——改めてよろしくお願いしますね、旦那様」

エピローグ　大団円！　これぞ元鞘ハッピーエンド

約一年半に及ぶ離婚――もとい、別居期間に幕を下ろし、オルランド家へ戻ったイルゼを迎えたのは、ほくほく顔の義両親だった。

『イルゼちゃんが戻ってきてくれたなら、私たちもひと安心だわ』

『これでフィエルに家督を譲って、悠々自適の隠居生活を送れるな』

『というわけで、イルゼちゃん。あなたは明日からオルランド侯爵夫人ですからね』

『頼りない息子だが、よろしく頼むよ。なぁに、惚《ほ》れた女性の前ならば、さすがにフィエルもいい恰好をみせようと頑張るさ。かくいう私もそうだったからね』

どこまでも朗《ほが》らかな義両親は、そのまま当主夫妻の座を退き、隠居の身となってしまった。

イルゼが戻ってくることを信じて、以前から引退準備を進めていたというのだから、驚くやら戸惑うやらだ。

イルゼが執筆三昧の日々を送っていた間、フィエルが訪ねてこられなかったのは、当主としての心構えや領地運営の基本をみっちりと叩き込まれていたかららしい。

『何も言わなくてごめん。だけど、イルゼも作家として独立したわけだし、俺もやっと跡取りの責任ってやつを引き受ける覚悟ができたんだ。……それで一応、家督を継いだお披露目《ひろめ》パーティーってやつ開くことになってるんだけど』

そんなわけで今宵《こよい》、イルゼは瑠璃色のロングドレスに身を包み、屋敷の広間で大勢の人々に囲まれていた。

シャンデリアの明かりがタフタ生地の光沢をことさら目立たせ、首元を飾るアメジストのネックレスをきらめかせる。

香油をすり込んだ髪は毛先を鏝《こて》で巻いて動きを出し、真珠とサファイアをあしらった金細工のバレッタを飾っていた。

総額は怖くて訊けないが、せっかくのお披露目なのだからと、フィエルが選んで贈ってくれたものばかりだ。

「元鞘《もとさや》おめでとう！　今日のイルゼ、すっごく綺麗だよー！」

「そんな恰好してると、本当に貴族の若奥様だね」

ピンクのミニドレスを着たリアーノと、男装女優として一躍有名になった燕尾服姿のサヴィが、イルゼの脇腹を左右から肘で小突いてくる。

「お招きは嬉しいけど、俺たちがこんなとこに来て場違いじゃないかね？」

「何言ってんだい、あんた。せっかくだから、一流料理人の味ってやつを盗んで帰るよ！」

『小鳩亭』の女将が夫の腕を引っ張り、料理の並ぶテーブルへと突進していく。『風切羽』の劇団員たちもそれに続いた。

次にやってきたのは、仲睦《むつ》まじく腕を組んだイルゼの両親だ。

すっかり血色のよくなった顔で、母は瞳を潤ませていた。

「これまで本当にありがとう、イルゼ。私とお父様のことは心配しないで、今度こそフィェル様と幸せになってね」

「不甲斐《ふがい》ない父親ですまなかった。これからは真面目に働いて、二人でやっていくから安心してくれ。……それにしても、『小鳩亭』のご夫婦はよい方たちだな」

「そうでしょう？　ご飯もとびきり美味しいですから、賄《まかな》いを楽しみにしてくださいね」

父は先日、娘が世話になったと挨拶に行った流れで、『小鳩亭』で働くことが決まった。

母もときどきではあるがイルゼの代わりに、『風切羽』の舞台衣装を仕立てる内職を引き受けているようだ。

貴族ではなくなっても、両親は新しい人生を着実に歩み出している。イルゼも頻繁に様子を見に行くつもりだし、ひとまずは安心していいだろう。

さらにイルゼのもとに押し寄せてくるのは、『風切羽』の舞台を観《み》たり、刊行された小説を読んだという貴族たちだった。

流行《はや》りの芸術に目のない彼らは、イルゼを時の人としてやたらに持て囃《はや》した。

「あの劇団の仕掛け人は、イルゼ様なんでしょう？」

「すごく面白かったですわ。女性だけのお芝居なんて、びっくりしましたけど斬新で！」

「『追われる騎士』の作者とお話しできたとは、光栄の至りですな。あれは男の私が読んでも面白かった。友人に自慢させてもらいますよ」

「あのっ、私っ、主役のサヴィ様の大ファンでっ！　……えっ、握手していただけるんですか？　ええっ、ハグまで⁉　ありがとうございます、一生の思い出にしますぅぅぅ！」

「なんと、歌姫のリアーノ嬢もいらっしゃるとは！　お近づきのしるしに、あちらで一杯いかがですか？」

サヴィとリアーノもそれぞれのファンに捕まり、どこぞへ攫われてしまった。

ついでに、ちらほらと聞こえてきた噂話によれば、ベナール伯爵に買収された『群青』は、作品の方向性を見失った結果、どんどん客が離れていっているそうだ。

やっとひと息ついたイルゼのもとに、背後から声がかかる。

「今夜の君は人気者だね」

振り返ればそこに、腕組みしたフィエルが立っていた。

銀糸《ぎんし》の刺繍《ししゅう》が入った濃紺の上着に、厭味にならない程度にフリルがあしらわれた絹のシャツ。襟元にはクラヴァットを結んだ盛装で、男ぶりがいっそう増しているにもかかわらず、わかりやすい不機嫌顔だ。

「すみません。今夜は、フィエル様が家督を譲られた記念のお祝いなのに」

「別にそんなことで拗《す》ねてるんじゃないから」

妻の自分ばかり目立って申し訳ないと謝れば、フィエルはますますむっとした。

「そこまで器《うつわ》の小さい男だと思われてるなら心外だな。俺が面白くないのは、イルゼは俺の奥さんなのに、皆が気安く話しかけすぎだってことだよ」

「……はい？」

ぽかんとするイルゼの手首を、フィエルが掴んだ。そのまま広間を出ていこうとするのに、イルゼは戸惑う。

「まだパーティーの途中です。主役が抜けたら、さすがにまずくありませんか？」

「大丈夫だって。サヴィやリアーノたちに任せておけば」

そう言われて広間の奥に目をやれば、ファンに乞われた『風切羽』の役者たちが、『追われる騎士と捨てられ姫』の名場面を演じ始めていた。

サヴィが剣に見立てたステッキを勇《いさ》ましく振るい、リアーノが澄んだ歌声を響かせれば、会場中がやんやの大喝采だ。

「劇団の宣伝にもなるし、ちょうどいいよ。俺も大体の挨拶は済ませたから、これからは君を独り占めさせてもらうことにする」

宣言すると同時に横抱きにされて、イルゼは目を白黒させる。

ずんずんと階段を登ったフィエルは、一直線に夫婦の寝室を目指した。

イルゼが我に返ったのは、広い寝台に横たえられ、クラヴァットをむしりとるフィエルにのしかかられたときだ。

「いきなりすぎません⁉」

「ごめん。もう全然余裕ない」

ドレスの襟ぐりを引き下ろされ、まろび出た乳房に顔を埋《うず》められる。

「今日までに仕上げたい原稿があるっていうから、邪魔しないよう我慢してたんだ。だけど、せっかく一緒に暮らせるようになったのに、まだ一度も君を抱けてないんだよ？　いい加減、俺も限界だから」

「こ……今夜のパーティーは、肩の荷が下りた状態で参加したかったので……あん……っ！」

胸の谷間に吸い痕を残され、小さな尖りを弄《いじ》られると、腰が勝手にもぞもぞと揺れた。

甘い官能の予感がたちまち膨らみ、抵抗の意思を溶かしてしまう。

（フィエル様が、そんなふうに気を遣ってくれていたなんて……）

むしろイルゼは、同じ寝台で眠っていても手を出してこないフィエルに、一体どうしたのだろうと、ひそかに悶々《もんもん》としていたのだ。

釣った魚に餌をやらないではないけれど、実は行為そのものには飽きてしまったのでは？

あるいは体調が悪いのでは？　と心配していたくらいだった。

（仕事は確かに大切だけど……フィエル様が求めてくれるなら、私はいつだって――）

口に含まれた乳首に唾液をまぶされ、脚の間がじゅんと潤《ほと》びていく。

乳頭《にゅうとう》を舌で弾かれる快感に、本当はずっとこうされたかったのだと、蕩《とろ》けた声が洩れた。

「あっ、……ふ、ぁあ……やっ……」

ぴんと尖った場所をしつこく吸われ、口内で舐め回される。

たっぷり苛《いじ》められた右側が赤く腫れれば、次は左を。花の蜜を求める蝶《ちょう》のように交互に味わわれ、愉悦がぐんぐんと増していく。

「フィエル様……ドレス、脱がせて……」

イルゼは息を弾ませながら、フィエルの腕を掴んで訴えた。

「え、積極的だね。嬉しい」

「違います。こんな立派な服は札束の塊みたいなものですから、汚れたり皺になったりするのが嫌なんです」

いたって現実的な理由を告げられたフィエルは、

「相変わらずだなぁ」

と苦笑しつつ、悠々とドレスを脱がせていった。

実を言えば値段よりも、フィエルが初めて贈ってくれたドレスだから大事にしたい気持ちのほうが強かった。

何かというとお金のことを口にしてしまう可愛げのなさを、イルゼは反省する。

(せっかく夫婦に戻れたんだから、もっと素直にならなくちゃ……)

ドレスもコルセットも剥《は》ぎ取られ、残り一枚となったショーツのクロッチ部分を、フィエルが覗き込んでにやりとした。

誤魔化しようもないくらい、そこには愛液の濃い染みができていた。

「やっぱり、イルゼもしたかったんじゃない?」

「……そうです」

素直になろうと思ったばかりだったので、恥ずかしさを堪えて告白する。

「またあなたの妻になれたのに、手を出されないから……私とするのはもう飽きたのかな、とかいろいろ考えて……」

「悩んでたの? ええっ、可愛い……!」

フィエルは口元を覆い、天井を仰いだ。

「どうしよう。俺の奥さんが可愛すぎる。今の告白でうっかり暴発させなかった俺を褒めて?」

「暴発って」

「君の準備が万端なのと同じくらい、俺もぎりぎりだってこと」

脚衣の前を開かれ、ぼろんと現れたものにイルゼは赤面した。

見るからに硬く、すみずみまで張り詰めた雄芯が、自分の中に入りたがって先端から雫を垂らしている。

引き寄せられるように触れると、それはどくどくと脈打っていた。

口の中に湧いた生唾を、イルゼはごくりと飲み下した。

「あの……私からも、フィエル様に……」

「何かしてくれるの？」

期待に満ちた瞳に見つめられ、イルゼは思い切って言った。

「はしたないと思われないのなら——口で」

どうすればいいのかは、前にフィエルが教えてくれた。

あのときはやっぱり経験豊富だと感心したが、彼の告白によれば、それも艶本による知識損みだったらしい。

「いつもしてもらうばかりなので、お返しをしてもいいですか？」

「ああ、イルゼ！　俺は本当に、素晴らしい奥さんをもらったよ……！」

感激に声を上擦らせ、イルゼの顔中にキスの雨を降らせたフィエルは、とっておきの名案を思いついたように言った。

「だったら、俺も同時にさせて」

「はい？」

「お互いに舐め合いっこするってこと。そういうやり方もあるって、本に書いてあったから」

まったく想像がつかないイルゼを、フィエルは手取り足取り誘導した。

気づけばフィエルが仰向《あおむ》けに横たわり、イルゼは彼の顔の上に尻を突き出して跨《また》がる恰好になっていた。

当然ながら、その股間を隠す下着もすでに脱がされてしまっているわけで。

「こんなひどい恰好……っ……」

イルゼの内腿も恥毛《ちもう》もすでにぐっしょりで、さながらおもらしをしたようになっている。

そんな場所をフィエルの眼前に突きつけていると思うだけで、恥ずかしさのあまり、余計に蜜が零れた。

「どうして？　素敵な眺めだよ。イルゼの大事な場所が全部見えて、早く可愛がってほしいってひくひくしてる」

「ひぁあっ……⁉」

秘処にねっとりと舌を這わせられ、イルゼは戦慄した。

フィエルは割れ目全体を大胆になぞり、蜜孔《みつあな》をくじるように舌をねじ込んでくる。

逃げを打つ腰を抱えられ、ぐっと引きつけられるせいで、強烈な快感を受け入れざるをえなくなる。

「んっ、やだっ……、フィエル様の顔、汚しちゃう……っ！」

「イルゼの蜜にならどろどろに汚されたいよ。ほら、もっといっぱい出して。甘酸っぱくて美味しいの、たくさん飲ませて……」

「あう、ん……ぁあ、はあんんっ……！」

ぴちゃぴちゃと卑猥な水音に、あられもない嬌声が混ざり合う。フィエルの鼻先が会陰《えいん》にぐりぐり当たり、そんな刺激にすら追い詰められた。

やられっぱなしではいられないと、イルゼは戦慄《わなな》く手で目の前の屹立を握り込む。口を開け、真上からずっぽり含むと、後方でフィエルの呻《うめ》き声《ごえ》があがった。

「……そんな、いきなり奥まで……あ、喉、当たってる……っ」

「ん、……んんぅっ……」

膨張した肉茎《にくぐき》と雄の発情臭で、口の中がいっぱいになる。

ひっきりなしに湧いてくる唾液を絡め、ねろねろと懸命に舐め回すと、先走りの味がむっと濃くなった。

「あぁ……俺たち今、すっごくやらしいことしてる……」

フィエルが陶然と呟き、二本の指を陰唇の狭間に突き入れた。それくらいの質量は、ぬるぬるした蜜のおかげであっという間に呑み込まれてしまう。

「んぅく――……っ！」

狭い場所で指をずりずりと動かす一方、フィエルの舌はイルゼの一番の弱点に狙いを定めた。

肉芽《にくめ》をちゅくちゅく吸われ、舌先で押し潰される快感がたまらず、痺れる腰ががくがくと揺れた。

「っ、はあっ……あぁんっ、いやあぁ……！」

フィエルのものを咥える余裕もなくし、憚《はばか》りのない声が口をつく。

そのことに不満を洩らすでもなく、彼は嬉々としてイルゼを攻め立ててくる。

「奥からいくらでもぼたぼた垂れてくる……俺の指、ふやけちゃいそうだよ」

「やんんっ……あっ、だめ、だめぇ……！」

「全部蕩けてぐちょぐちょ……ん……美味し……」

とめどなく溢れる蜜を掻き出され、喉を鳴らして飲み干され、これでもかと貪《むさぼ》られる。

みっともないほど肥大した淫芽にひときわ強く吸いつかれた瞬間、びりびりした喜悦が弾け、イルゼの意識は宙に舞った。

「んぁ、ああ――いく……いくぅっ……！」

大きく背を反らし、フィエルの顔に股間を押しつけて、突き抜ける快楽の虜《とりこ》になる。

直後、ぷしゃっと何かが破裂する感覚があり、ぬるま湯のような液体がフィエルの顔をしとどに濡らした。

（えっ……嘘……！）

甘い余韻が瞬時に冷めて、蒼白《そうはく》になる。

「ご、ごめんなさい！　フィエル様、私……っ！」

慌てて横に退いたイルゼは、寝台に額を擦りつけんばかりにして謝った。

こんな歳になって粗相をするなんて――それも夫の顔の上でだなんて、とんでもない失態を犯してしまった。

「いいんだよ、イルゼ。大丈夫だから」

涙ぐみながら見上げれば、びしょ濡れの顔を拭《ぬぐ》ったフィエルが、あろうことかその手をぺろっと舐めた。

「なんの味も匂いもしないし。多分これ、前にも言った潮ってやつだと思う」

「……しお？」

「女の人の快感が、振り切れたときに噴き出るんだって。原理はよくわかってないらしいんだけどね」

「じゃあ……」

「イルゼが心配してるようなものじゃないってこと」

安心させるようにフィエルは笑った。

「俺に舐められて、イルゼはそれだけ感じてくれたんでしょ」

「……はい」

「今度は、俺も一緒に気持ちよくなっていい？」

色っぽい囁きと同時に組み敷かれ、イルゼの鼓動が跳ねた。

じろじろ見ては失礼かと思いつつ、重たげに揺れる男根に視線が吸い寄せられる。

それは根本までイルゼの唾液を纏い、てらてらと光っていた。

こんなにも野太く反り返ったものでぐちゃぐちゃに擦りあげられるのだと思うと、蜜壺が切なげに身を引き絞った。

「脚、もっと広げられる？　――そう」

イルゼの両膝を割ったフィエルが、力強く上向くものの角度を変えて、花唇《かしん》の間に亀頭を押し当てた。

「……っ、う……ぁあ……」

ゆっくりと、押し広げられる。

秀麗な美貌とは裏腹に、赤黒くて凶悪な肉塊が、蜜と潮に濡れた場所へじりじりと潜り込もうとして――。

「駄目だ、もどかしい……っ……！」

「ぁあああっ!?」

堪えがきかなくなったのか一気に突き入れられ、イルゼは目を剥《む》いた。

「ごめん、待てない。慣らしてあげたいんだけど、イルゼのここ、気持ちよすぎて」

「待っ、て……やぁ、あう、あぁあんっ……！」

荒々しく腰を振り立てられ、イルゼは悲鳴をあげた。

もっと優しく抱かれたいと思う反面、フィエルの思うままに犯してほしいという、被虐的な悦《よろこ》びも増していく。

一度達した体はひどく敏感で、おかしな発作に襲われたかのごとく、花筒《はなづつ》がびくびくと痙攣し続けていた。

「そんな、締めつけないで……っ」

イルゼを抱きしめながら、フィエルが唸った。

「ほんと久しぶりだから……気を抜いたら、すぐ出そう……」

そう言いながらも、フィエルは放埓《ほうらつ》に腰を遣った。快感に熟した蜜襞をぬぷぬぷと掻き分け、先端で小刻みに奥を突く。

ばちゅばちゅ、ぷちゃぷちゃと淫らな水音が、ひっきりなしに両者の鼓膜を嬲《なぶ》った。

「ああ……ここも切なそうだね」

フィエルが身を屈め、右の乳首をちゅるんと吸い込んだ。

唇に扱《しご》かれ、こりこりと甘噛みされて、イルゼはやみくもに首を振る。

「ん、やぁ、だめ……ちくび、だめぇえっ……！」

「乳首だけじゃないよ。イルゼの好きなところ、ここにもあるでしょ」

今夜のフィエルはことさら容赦がなかった。

結合部に片手を差し入れられ、ぷっくりと膨らんだ秘玉《ひぎょく》を、ぬちぬちと執拗《しつよう》に捏ねられる。

「そこっ……そこも、ほんとにだめっ……いや、やだ、ぁああんっ！」

愉悦が過ぎて暴れ出したいほどなのに、フィエルが全身でのしかかっているせいで叶わない。

限界まで開かれた脚の奥を、猛々《たけだけ》しい肉鉾《にくほこ》でぐぽぐぽと、好き放題に掻き回されるばかりで。

「い……いっ、ああ、うぁ、ああ……」

イルゼが朦朧とするうちにも、収縮を続ける肉壺は、男の精を絞り取るための器官として優秀に機能した。

肉茎に物欲しげに纏わりついては、子種を放てと淫蕩《いんとう》にねだる。

フィエルの指で花芽《はなめ》を摘まれ、乳首を舐《ねぶ》られると、その蠢動《しゅんどう》はますます勢いを増した。

「気持ちいい……フィエル様、きもち、い……ああっ……も、おかしく、なる……っ」

息を切らしながらしがみつくと、フィエルの肉棒がまたひと回り大きくなった。

「すごく可愛い……イルゼのこと、もっと滅茶苦茶にしちゃいたい……」

胸の先をあやしていた唇が耳元に移り、切羽詰まった吐息を注《そそ》がれる。

快楽に濡れた琥珀色の瞳は、心臓が止まりそうなほど妖《あや》しくて綺麗だ。

「俺の子種、ここに注いでいい？　それで赤ちゃんができたら、産んでくれる？　君が安心して仕事できるように、俺がちゃんと子育てするから」

そう言われて、離婚したと思い込んでいた間は、膣外に射精されていたことを思い出す。

イルゼに余計な不安や負担を与えないよう、フィエルはずっと気遣ってくれていたのだ。

「はい……フィエル様の子なら、私も、欲し……んっ……⁉」

すべてを告げないうちに口づけられて、声が詰まる。

フィエルの言葉はなかったが、重なる唇を通じて、とてつもなく喜んでいることが伝わってきた。もしも尻尾が生えていたなら、千切れそうにぶんぶんと左右に揺れていたはずだ。

やがて唇が離れるとともに、遠慮を知らない猛攻が始まる。

蜜壺いっぱいに欲芯がねじ込まれ、子宮口をどちゅどちゅと殴りつけるように突かれた。

「うぁ……ふぁあっ……！」

「ん……いっぱい、溜まってて……どろっどろに濃いの出るから……イルゼのここで、全部、絞り取って……っ」

鮮烈な刺激が立て続けにイルゼを襲い、女陰を差し出すように腰が反《そ》る。

ぐつぐつと煮詰められた快感に、頭まで呑み込まれそうだった。限界の近づいた蜜洞《みつほら》がうねり、制御できない衝動に、赤裸々《せきらら》な叫びが迸《ほとばし》った。

「そんな奥まで……やぁっ、いく……いくの、いっちゃう……！」

「また達くの？　いいよ。俺も、イルゼが達くまでは頑張る、ね……っ」

吐精を堪えて眉根を引き絞ったフィエルが、がむしゃらに剛直を打ちつけた。

粘膜の擦れ合う音が絶えず響き、身の内で官能が荒れ狂う。

「達って、イルゼ。もっと……俺のでもっと、めちゃくちゃに感じて……」

「も、だめ……ああっ、いく、いくぅ………──！」

張り詰めていた理性の糸が切れ、イルゼは嬌声をあげて達した。

「……っあ、あ、俺もいく……出るよ……っ！」

ぎゅうぎゅうと狭まる膣奥に、フィエルが欲望のたけをぶちまけた。

突き抜ける喜悦と解放感の中、互いの輪郭が入り交じるほどにきつく抱き合い、真っ白な世界に攫われる。

びゅくびゅくと長く続く痙攣がようやく収まってから、フィエルはイルゼを押し潰さないよう、ゆっくりと体重を預けてきた。

「このまま、もう少しくっつかせて……」

イルゼの胸に耳を当て、鼓動を聞きながら幸せそうに目を閉じる。

そんな夫の姿に、言いようのない愛しさが溢れて、イルゼは彼の赤毛を指で梳《す》いた。手触りの良さに夢中になり、いつまでも撫でていられそうだ。

と。

「……そういえば」

閉ざされた瞼《まぶた》をぱちりと開けて、フィエルがイルゼを見上げた。

「イルゼは官能小説には挑戦しないの？」

「官能、ですか？」

いきなり何をと戸惑いながらも、イルゼは真面目に答えた。

「興味がないと言えば嘘になります。文章だけで恐怖を掻き立てるホラー小説と、読み手の欲望を煽る官能小説は、書き手の腕が試される二大ジャンルだとも聞きますし」

「俺は怖いのは苦手だけど、イルゼが書いたホラーなら読むよ。でもそれ以上に、官能小説を読んでみたいな」

「出版社と相談して、需要があるようなら検討はしてみますが……」

「そのときは、俺とのあれこれをそのまま書いちゃえばいいんじゃない？」

「……は？」

「たとえば、さっきみたいに潮を噴いちゃったこととか。一緒に舐め合いっこしたこととか。どれだけ気持ちよかったのか、どんなふうに感じたのか、事細かに書いてくれたら、それを読むだけでまた興奮できるし——」

「書きません！」

断固として言い切ると、フィエルは納得しかねるように首を傾げた。

「なんで？　自分の経験をネタにするのが、イルゼのモットーだったんじゃないの？　それとも、さすがに恥ずかしい？」

「自分だけのことなら、別に何を書いたって平気です」

人生経験を切り売りするのが作家の仕事だから、その点は割り切っている。

ただし。

「ベッドの中で、フィエル様がどんなにいやらしいか……そのくせ、どれだけ素敵で格好いいかを小説にして発表したら……世間の女性がまた、フィエル様を劣情に満ちた目で見るじゃないですか。私はそんなのは嫌です」

キャラクターの名前を変え、モデルになった人物を誤魔化すにしても、イルゼしか知らない夫の魅力を他人に知られてしまうのは嫌だ。

その小説を読んだ女性読者がむらむらして、フィエル（をモデルにした登場人物）に抱かれる妄想に浸るのではと思うと、たまらなく肝が焼ける。

そう説明すると、フィエルは目を瞬《しばた》いた。

「それって、イルゼなりの独占欲？」

「そうかもしれません。というか……そうです」

自分がこんなに狭量で嫉妬深いなんて、イルゼ自身も初めて知った。

口角をゆるゆると綻ばせたフィエルが、ついには大声で笑い出した。

「あははは……ほんっと、俺の奥さんって最高！　最っ高に可愛くて、大好き！」

「フィ、フィエル様？　なんでまた大きく……⁉」

体内に食い込んだままの彼の分身が、いつの間にか力を取り戻していた。

慄《おのの》くイルゼを抱きすくめ、フィエルはずんずんと律動を再開させた。

「あぁ、やだ……いったばっかり、なのにぃ……っ！」

たちまち快楽の渦に放り込まれたイルゼは、喘ぎ混じりに抗議した。

「俺を有頂天にさせるイルゼがいけないんだよ。君の書く官能小説が読めないのは、残念だけど我慢する。その代わり……」

最愛の妻に嬉しそうに頬ずりし、これでもかと甘いキスをして、フィエルは悪戯《いたずら》っぽく微笑んだ。

「――誰にも秘密のいやらしいこと、もっともっと二人でたくさんしようね？」

あとがき

こんにちは、もしくは初めまして。葉月・エロガッパ・エリカです。

このたびは『初夜の翌日に離婚した没落令嬢ですが、何故か元夫につきまとわれています』をお手にとっていただき、ありがとうございます。

久しぶりに蜜猫文庫さんで書かせていただくにあたり、どんなお話にしようかなと考えていた頃、「離婚」をモチーフにしたドラマが二本、同時期に放送されていました。

ラストシーンで結婚するお話も、結婚してから愛を育《はぐく》むストーリーも書いたことがあるけど、そういえば、離婚から始まる物語はまだなかったな？　むしろ、離婚してから恋が始まるお話って面白いかも？　と思ったのが、今作を書くに至ったきっかけです。

ヒロインのイルゼは、わけあって初夜の翌朝にスピード離婚を切り出しますが、何故か行く先々に元夫のフィエルが現れる。

結婚は親同士が決めたもので、執着する理由なんてないはずなのに、どうして私につきまとうの？　と不審がるイルゼの塩対応と、すげなくされても決してめげない前向きなフィエルのやりとりを書くのが、作者としては楽しかったです。

読者の皆様にもお楽しみいただけることを、どきどきしながら願っています。

イラストを担当してくださった、ことね壱花様。

今回、ことねさんにお仕事をお願いできると聞いたとき、「私、ことねさんの描かれる赤毛男子が好きすぎる……！」という思いから、フィエルの髪色を決定しました。華やかできらきらしたお砂糖菓子のようなイラストで、拙作を彩っていただけるのも光栄です。

実際の挿絵を拝見するのはこれからなのですが、とても楽しみにしています。お忙しい中、本当にありがとうございました。


この本が発売される頃は年末ですね。

皆様にとって、二〇二二年がよりよい年となりますように。

それではまた、よろしければどこかでお会いいたしましょう！

二〇二一年　十一月　　葉月　エリカ

Mitsuneko Label

蜜猫文庫をお買い上げいただきありがとうございます。
この作品を読んでのご意見・ご感想をお聞かせください。
あて先は下記の通りです。

〒102-0075 東京都千代田区三番町 8 番地 1 三番町東急ビル 6F
(株)竹書房　蜜猫文庫編集部
葉月エリカ先生 / ことね壱花先生

初夜の翌日に離婚した没落令嬢ですが、何故か元夫につきまとわれています

2021 年 12 月 29 日　初版第 1 刷発行

著　者　葉月エリカ
発行者　後藤明信
発行所　株式会社竹書房
〒102-0075 東京都千代田区三番町 8 番地 1 三番町東急ビル 6F
email : info@takeshobo.co.jp
デザイン　antenna
印刷所　中央精版印刷株式会社

王子様に嫁いだら、人間不信な執着ワンコと化して懐かれました

葉月エリカ
Illustration Ciel

やっと、叶った……
僕は今、君を抱いてる

グランソン伯爵の落とし胤であるティルカは、父の命令で第一王子のルヴァートに嫁がされる。彼は落馬事故により、足が不自由になっていた。本来の朗らかさを失い、内にこもるルヴァートは結婚を拒むが、以前から彼を慕うティルカは、メイドとしてでも傍にいたいと願い出る。献身的な愛を受け、心身ともに回復していくルヴァート。「もっと君に触れたい。いい？」やがて、落馬事故が第二王子の陰謀である疑惑が深まり!?

すずね凜
Illustration すがはらりゅう
冷徹軍人皇帝の一途な純愛
みそっかす姫はとろとろに甘やかされてます
あなたに大人の快楽を教えてあげよう
小国の末っ子であるアリアドネは姉姫と見合い予定だったバンドリア帝国皇帝グレゴワールに気に入られ、花嫁として連れ帰られる。一目で惹かれた彼に望まれ夢見心地のアリアドネだが、形だけの妻でいいと言われ反発する。「あなたは男女が同衾することについて、なにも知らないな？」彼女の真摯さにあてられ、思いがけずのめり込み溺愛し始めるグレゴワール。「氷の皇帝陛下」と呼ばれた彼の急激な変化に周囲も驚きを隠せず!?

To My Dear
親愛なるあなたへ
孤独な軍人皇帝は
清らかな花嫁に恋まどう
泉野ジュール
Illustration サマミヤアカザ
逃げないでくれ。
わたしを受け入れて欲しい
デラルトンの若き皇帝、キャメロンに和平の証として輿入れしたジュリエット。正式な王女でありながら正妃である義母からうとまれて不遇な生活を送っていた彼女は、美貌で有能な皇帝に優しく愛され、とまどいつつも溺れていく。「夫として君のそういった部分をじっくりと撫で、触れて称える義務がある」男らしく誠実なキャメロンに心身ともに惹かれるジュリエットだが、ある時を境としてキャメロンが妙に彼女を避け始め━!?

TAKE
SHOBO

初夜の翌日に離婚した没落令嬢ですが、何故か元夫につきまとわれています

葉月エリカ

Illustration
ことね壱花

JN052816

蜜猫
MitsuNeko